I0674768

8·Z
LE SENNE
5573

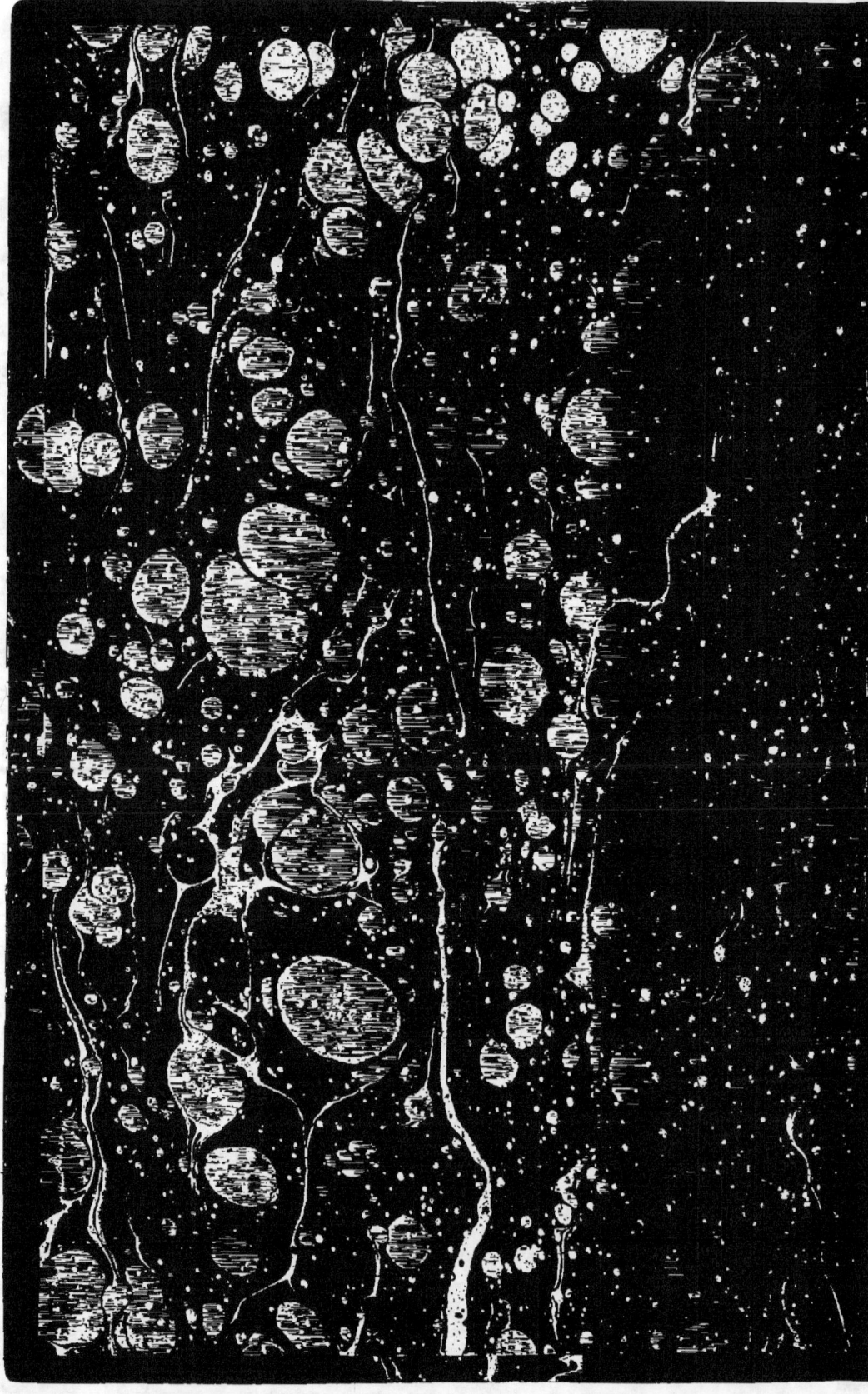

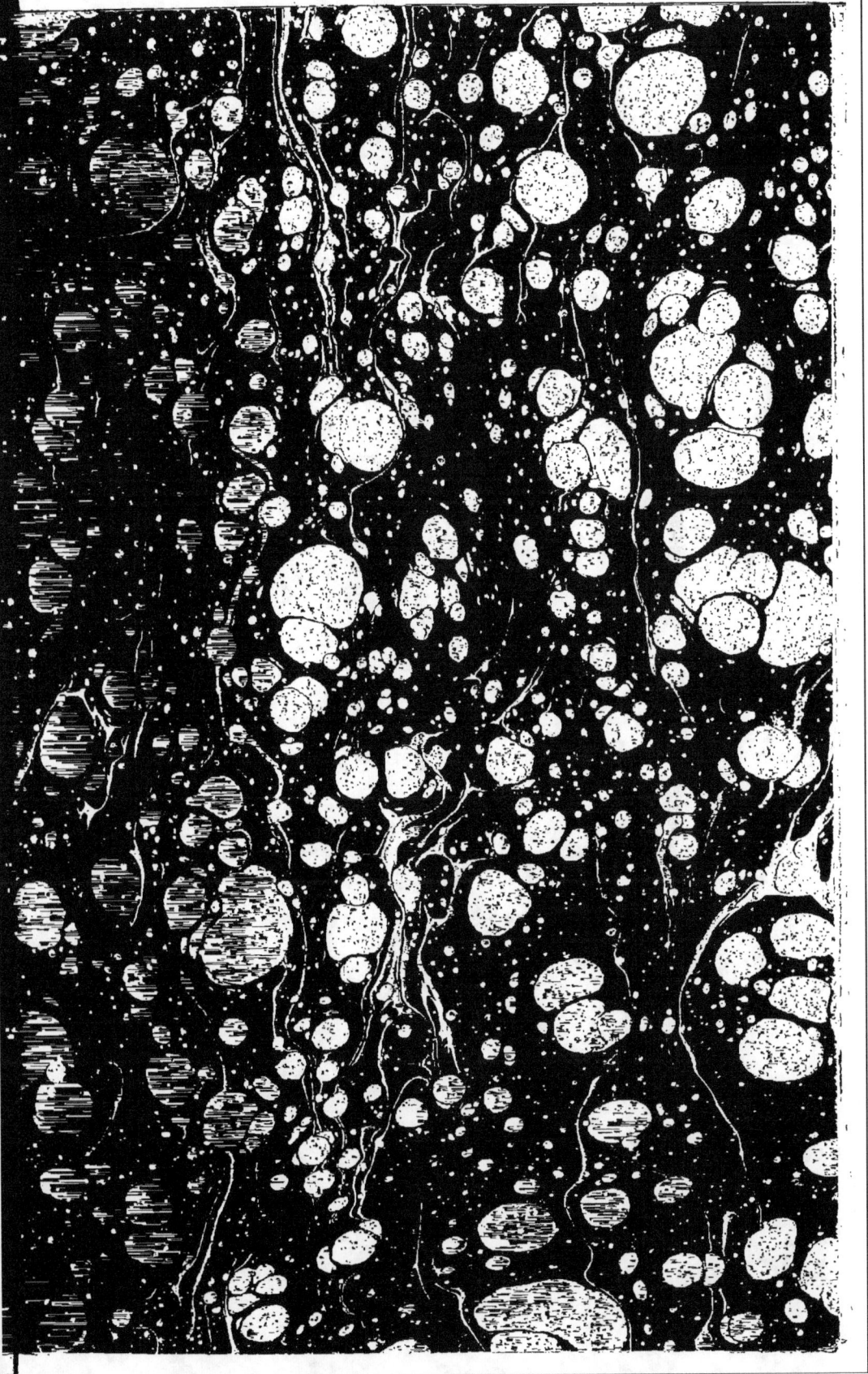

1. CHAPRA

AU BORD

DE LA

BIÈVRE

Impressions et Souvenirs.

PAR

ALFRED DELVAU.

Prix : 1 fr. 25.

PARIS,
J. BRY AINÉ, ÉDITEUR,
27, rue Guénégaud.

1854

AU BORD

DE LA BIÈVRE.

8° 2
6 Jenne
5573

AU BORD

DE LA

BIÈVRE

Impressions et Souvenirs.

PAR

ALFRED DELVAU.

BIBLIOTHÈQUE NATIONALE · FONDS LE SENNE Nº 529 · IMPRIMÉS ·

PARIS,

IMPRIMERIE PREVE ET Cᵉ,

RUE J.-J.-ROUSSEAU, 15.

1854

COURTE PRÉFACE.

« Une préface est la bénédiction qu'un auteur donne à son livre. »

C'est Rabener, un Allemand, qui a dit cela. Ces braves Teutons n'en font jamais d'autres. Ils trouvent toujours moyen, — à travers les épigrammes dont on ne se fait pas faute à leur endroit, et en courant ainsi à travers choux, c'est à-dire à travers la métaphysique ; — ils trouvent moyen, dis-je, d'être pleins de bon sens, d'humour et de finesse.

Va donc pour la bénédiction ! Pain bénit et livre béni n'en sont pas meilleurs pour cela assurément;

mais les fidèles et les lecteurs le mangent et le lisent avec plus d'appétit.

Sois donc béni, ô mon livre, enfant conçu dans les heures de désœuvrement d'une existence besogneuse et tourmentée, et venu au monde un peu par les bras et par les pieds, comme la mère de Caligula.

Tu vas tomber entre les mains d'inconnus et d'inconnues, les uns bourrus, les autres nerveuses, qui te jetteront souvent pardessus leur tête sur l'angle d'un meuble ou dans les cendres de l'âtre. Tu seras brûlé ou lacéré comme un livre illustre ; ou tu seras tout bonnement laissé là, dédaigneusement, parce qu'on t'aura trouvé mal léché, mal peigné, mal brossé, pauvrement vêtu, et le visage trop fade, *Habent sua fata libelli*... Oh ! mon Dieu oui... c'est comme j'ai l'honneur de le dire — en langue morte.

Va donc à travers le monde littéraire, et ne t'étonne pas, ne te scandalise pas des rudoyements, des sarcasmes, des quolibets et des sifflets. Je te

bénis — selon l'usage antique et solennel — je te
bénis, mais voilà tout, Je ne m'occuperai pas plus
de toi, désormais, qu'on ne s'occupe des vieilles
lunes et des neiges de l'an passé.

Bonne chance, cher enfant, et bon voyage.

AU BORD DE LA BIÈVRE.

I

.....Je ferai un jour, moi aussi, ma petite théorie des milieux.

On ne sait pas assez, on ne se dit pas assez quelle influence ont, — sur la conduite des pensées, sur les opérations de l'esprit et les évolutions du cœur, — les objets extérieurs avec lesquels vous êtes en contact familier chaque jour. C'est une influence d'autant plus funeste ou salutaire, — selon ces objets, — qu'elle est lente et continue. Les moin-

dres clous, les moindres angles de la boîte dans
laquelle se meut votre individu physique, s'enfon-
cent chaque jour plus avant dans les profondeurs
de votre individu moral. C'est un peu l'histoire des
habitudes, de l'accoutumance volontaire ou invo-
lontaire à des choses ou à des êtres qui accomplis-
sent les mêmes évolutions que vous. C'est la communion intime et efficace de votre moi avec les
mille riens dont se compose votre existence quotidienne; communion charmante, après tout, et à
laquelle, malgré tout, on veut rester fidèle.

Il y a des gens qui vivent pendant trente ans
dans la même chambre qui est malsaine et triste,
et avec la même maîtresse qui est maigre, jaune et
acariâtre. Pourquoi?

Je n'ai jamais été, pour ma part, indifférent aux
localités dans lesquelles les ballottements de ma
vie m'ont jeté. Il y a des séjours dans lesquels j'aurais voulu pouvoir vivre tout mon soûl, jusqu'aux
confins extrêmes de l'existence humaine. Il y en
a d'autres qu'on ne m'eût pas imposés impunément. Une cellule de prison, — malgré tout l'o-
dieux des désavantages y attachés, — une cellule
serait presque acceptée par moi sans trop de répu-
gnance, mais à la condition qu'elle aurait son
jour sur un horizon de forêts et qu'on me permet-
trait de la meubler de meubles à mon goût et d'a-

mis de mon choix. Je n'ai pas une nature contem-
plative et songeuse pour rien; il faut bien se garder de lui refuser les aliments qu'elle réclame, im-
périeusement, sous peine de voir cette rêverie em-
pêchée, cette contemplation contrariée se changer
en mélancolie. Et de la mélancolie à la tristesse il
n'y a qu'un pas; il y en a deux de la tristesse au
suicide.

Jusqu'ici j'ai été aussi peu prisonnier que possible, et, bien loin d'en être fâché, — comme le se-
raient certaines barbes longues à idées courtes, de
ma connaissance, qui s'imaginent qu'on sert une
cause en se faisant mettre dans l'impossibilité de la
servir, — bien loin d'en être fâché, je m'en suis,
au contraire, toujours applaudi et estimé. Il est
plus spirituel et plus facile d'être libre que d'être
prisonnier.

Aussi, dans mes prières, — quand j'en adresse
à l'Etre suprême, régisseur général des biens ter-
restres et des consciences humaines, — je n'oublie jamais ce morceau :

Mon Dieu! Préservez-moi des verroux, des
méchants et des niais! Ne mettez ni mon corps,
ni mon cœur, ni mon esprit dans des prisons
odieuses. Etre prisonnier d'un imbécile est plus
douloureux que d'être prisonnier chez des anthropophages. Les anthropophages vous tuent avant

de vous manger; les sots vous mangent avant de
vous tuer...Délivrez-moi donc des verroux, des méchants, des niais et des menteurs. — Amen!... »

Je suis depuis quelques mois dans un logement
qui ne plairait pas à tout le monde, mais dont je
suis enchanté d'avoir fait la connaissance. J'y vis
depuis un mois d'une vie cénobitique et en même
temps familiale, pleine de joies austères. J'éprouve,
— dans ce milieu nouveau où des circonstances
quelconques m'ont transplanté violemment, — un
bonheur calme, égal et profond qui ne ressemble,
certes, à aucun des autres bonheurs desquels j'ai
tâté jusqu'ici, mais c'est du bonheur.

Pour en arriver là, il a fallu la rupture d'une
affection envahissante et spoliatrice des autres af-
fections. Il y a donc des douleurs bienfaisantes et
des désastres salutaires? Il faut le croire.

Pour moi, à mesure que je sens se décrocher de
mon cœur toutes les pampilles amoureuses, toutes
les fanfreluches de la passion, toutes les passe-
menteries des désirs, et que je m'enfonce davantage
dans l'ombre et dans la paix de la vie familiale, je
m'applaudis d'un accident, — si triste en soi, —
dont j'ai déploré la venue et dont je bénéficie à
cette heure.

Je m'applaudis surtout de faire ce que je fais
comme si c'était le résultat naturel d'une vie sim-

ple, candide, unie,—tandis que c'est, au contraire, l'aboutissement d'une existence peuplée de chimères et sillonnée de folies.

Je rentre dans le sentier obscur, mais non pénible, de la vie intime, duquel je m'étais un peu écarté et égaré, et j'y rentre avec un attendrissement sincère; je m'y sauve de moi-même, ou plutôt je m'y reconquiers.

Je n'y entre pas trop brisé, trop dépouillé, trop appauvri. Je n'étais pas assez fort pour les luttes du genre de celles qu'il m'a fallu soutenir pour vivre de la vie dont j'ai vécu, et cela m'a un peu fatigué, un peu cassé les bras et le cœur. Mais je ne suis pas encore, Dieu merci! à ranger parmi les invalides du sentiment. J'ai gaspillé une partie de mes trésors, j'ai semé une bonne part de ma cervelle et de mon cœur sur les sentiers perdus de la folie et de l'enamourement... mais je suis encore assez riche pour être heureux, je le sens bien; et toutes ces rêvasseries et toutes ces flambes de jeunesse ne m'ont pas tellement affolé que je ne puisse encore prouver la santé de ma cervelle et de mon cœur.

Je reviens à mon point de départ; à quelques pas de l'endroit où je suis né et où je ne mourrai pas, sans doute. J'y reviens avec la joie calme, mais grande et sans pareille, du voyageur qui retrouve enfin l'humble clocher de l'humble village qu'il avait quitté un jour pour aller par delà les monts et les mers à la recherche des pays étranges et inconnus...

On revient de plus loin que les bornes des mondes,
De plus loin que l'enfer, — de plus loin que la mort,
De plus loin que le fond des mers les plus profondes !
Ou revient de l'amour !... — et l'on revient plus fort !

On revient de l'amour, — cette blonde chimère,
Nageant dans un azur splendide, éblouissant,
Que, le front chaud encor des baisers d'une mère,
On poursuit enivré, fasciné, frémissant !

Voyage extravagant, plein de périls sans nombre,
Qu'on entreprend à deux, — mais d'où l'on revient seul !
Où l'on a la moitié du cœur prise dans l'ombre
Et la moitié du corps prise dans un linceul !

O pays de Tempé ! tout peuplé de bergères
Qui mènent des troupeaux de cœurs paître l'amour,
Éldorados, Edens, demeures des chimères,
On vous attend vingt ans, — on vous possède un jour !

Pays charmeurs et doux, j'ai franchi vos murailles,
J'ai, dans vos sentiers verts, effeuillé mes printemps ;
J'ai dormi dans vos bras, chimères sans entrailles,
Et vous m'avez versé vos filtres irritants !...

Et cœtera, pantoufle ! Quand on rime sa douleur on ne souffre plus ! Quand on raconte ses amours on n'aime plus. J'en suis là. Il s'est fait un apaisement subit dans mon cœur et dans mon esprit. J'ai repris possession de moi-même, — je m'appartiens ! Qui que ce soit qui ait fait cela, préparé cela, amené cela, je l'en remercie et je m'en applaudis. Le résultat est si bon, si plein de santé, si prometteur de joies véritables, que je ne sais vraiment pas si j'ai fait quelque chose pour mériter qu'il soit.

J'oublie mes années d'oubli. Je me redresse assoupli, retrempé, rajeuni, sur le seuil de cette vie familiale, si pleine de calme et de recueillement. J'ai à faire amende honorable et je la fais gaiement. J'ai été fou, vaniteux, puéril, fanfaron. C'est bien. Je dépose ma vieille défroque de jeune homme, sans cris de colère, sans lamentation, sans reproches et sans regrets. J'ai trop gagné à la transformation qui s'est opérée en moi pour être tenté de regarder avec la moindre amertume ce qui a précédé ce moment. D'ailleurs, les regrets et les reproches m'ont toujours semblé chose parfaitement absurde, parce que parfaitement inutile.

Adieu paniers ! vendanges sont faites ! J'ai mordu aux grappes de l'amour; j'ai rougi mes lèvres de son sang divin; je me suis grisé avec toutes les liqueurs fortes des passions et des chimères. Je me garderai bien, aujourd'hui que je suis dégrisé, de bafouer et d'anathématiser mes ivresses d'autrefois, de rougir de moi-même, de me montrer au doigt, de me faire une morale ridicule, — que je n'écouterais pas. Je suis plus respectueux devant mes ivresses que Cham devant Noé, — je passe devant elles sans les réveiller, de peur de les attrister...

Le logement que j'habite est situé dans un quartier pour lequel j'ai une prédilection particulière. Je suis peut-être le seul qui ait pour lui cette prédilection : c'est le faubourg Saint-Marceau !

Peu de gens, — de ceux qui sont partis d'où je suis parti, — de la cuve d'un tanneur, — et qui ont traversé dans leurs pérégrinations diverses les couches les plus élevées de la vie matérielle et morale, — consentiraient à revenir vers ces humbles sentiers tout empuantis, où se sont essayés leurs premiers pas ; ou, s'ils le faisaient, ils s'y feraient voiturer dans une baignoire pleine d'eau de Cologne, — de peur des asphyxies.

Moi, loin de redouter les inconvénients attachés à mon faubourg Saint-Marceau, je les aime et je les recherche. On aime toujours son nid, nid de torchis, de mousse, de sable ou de duvet.

Je ne suis pas né pour rien en plein faubourg Saint-Marceau, entre la rue Mouffetard et le marché aux chevaux, sur les bords de cette peu poétique rivière de Bièvre, dont les naïades sont des blanchisseuses et les tritons des mégissiers. Mon enfance ne s'est pas passée pour rien sur la berge de ce ruisseau noir, à écouter les bruits discordants et tapageurs des battoirs et des marteaux ; sur les montagnes de tannée élevées dans la cour de la maison paternelle, à contempler les *motteux* piétinant sur leurs petits cercles noirs, et travaillant pour les chaufferettes des portières et les cheminées des pauvres ménages.

Si la Bièvre puait un peu, — maintenant que je la sens à distance, je dirais presque qu'elle ne puait pas du tout, — les montagnes de tan sentaient bon, très-bon même. Que de dépouilles de chênes, — revêtus encore de leur aubier, — j'ai vu jeter dans ces grandes fosses humides où j'avais si peur de me laisser choir ! Pauvres chênes ! Et quelle cruelle chose que l'industrie qui écorche vifs des bœufs et des arbres pour chausser les pieds des générations humaines ! Vous ne pouvez donc pas marcher pieds nus, tas de pieds plats ! La nature ne vous a pas fait ces pieds-là pour les emprisonner dans des bottes... Des bottes ! mon premier désir de jeune homme, comme la culotte avait été ma première aspiration d'enfant ; je n'ai pas le droit d'en médire.

Oui, j'aime ce quartier que fuient comme peste les gens du bel air, qui ne savent pas ce qui est bon et sain, et qui préfèrent les odeurs douteuses de leurs quartiers commerçants aux parfums gaulois de ce quartier travailleur.

J'aime ce quartier dont je connais chaque rue,
chaque carrefour, chaque cul-de-sac, chaque maison, chaque borne, presque chaque pavé. J'ai va-
gué, petit polisson morveux, loque au derrière,
cheveux blonds au vent, le visage purpuriné, dans
tous les chemins qui aboutissaient à la maison paternelle, méconnaissable, hélas! aujourd'hui! Ces
souvenirs d'enfance sont un peu les mêmes partout et chez tous; il n'est pas un enfant duquel on
ne puisse dire ce que Rabelais dit de Gargantua!
« Tousiours se veaultroyt par les fanges, se masca-
» royt le nez, se chauffouroyt le visaige, acculoyt
» ses soliers, baisloyt souuent aux mousches... pis-
» soyt sur ses soliers.... se mouschoit à ses man-
» ches... Il pissoyt contre le soleil, battoyt à froid,
» songeoyt creux,... se gratoyt où ne lui deman-
» geoyt point,... se chatouilloyt pour se faire rire,...
» battoyt les buissons sans prendre les osillons, et
» croyoit que vessies feussent lanternes... »

Mais à côté de ces détails communs à tous, il y
en a d'autres particuliers à chacun; il y a des souvenirs simples, petits et calmes, qui n'ont de saveur et de poésie que pour celui qui les a.

Ces souvenirs-là ne disparaissent qu'avec vous!
Et certes, bien que je n'aie pas encore atteint l'âge
où l'on récapitule sa vie comme on récapitule les
dépenses faites, lorsqu'on a à solder son compte

définitif, j'ai cependant un copieux bagage de souvenirs.

Eh! bien, parmi ceux-là qui, touffus et obscurs, obstruent les avenues de ma cervelle et les sentiers de mon cœur, il en est quelques-uns, drageons noueux et vivaces qui s'écartent du tronc principal et s'épandent le plus sur ma vie pensée de tous les jours. Ceux-là me sont précieux, et quoiqu'affaiblissants et énervants comme tout ce qui porte à l'attendrissement, je ne les repousse pas, je ne les arrache pas lorsqu'ils font saillie sur mes autres pensées plus viriles et plus sérieuses. Ce sont les xéranthèmes du cœur.

Je ne les arrache pas, au contraire, je les arrose. C'est un défaut que je condamne chez les autres et auquel je rebrousse fortement le nez lorsque je le vois poindre dans les discours ou dans la conduite des gens que j'aime; mais je me laisse volontiers envahir par cette mélancolie, — bien inoffensive après tout, — des choses disparues. Je raille brutalement, dans la vie vulgaire, les rêveurs et les poëtes dont je trouve tout haut l'influence désastreuse, pernicieuse, immorale, en ce qu'ils provoquent au suicide moral sans cesse entrepris et jamais réussi, — ce qui fait qu'on passe son temps à mourir. Mais tout bas je les lis et je les remercie des heures noires qu'ils suppriment sur le cadran de mon existence quotidienne.

Je suis un grand faiseur de romans. Je dépense
un temps absurde à édifier des châteaux de cartes
et à procréer des chimères. Mais ces romans me
permettent quelquefois d'ignorer l'histoire, de
l'oublier pendant quelque temps ; mais ces chimères amusent les appétits maladifs de mon esprit,
et, quoique viande creuse, lui servent de pâture
suffisante ; mais ces châteaux de cartes abritent
dans les jours de brouillards et de pluie les sus-
ceptibilités frileuses et les délicatesses peureuses
de mon individu.

L'homme est double, il n'a pas besoin d'être gris
pour se dédoubler. C'est un bonheur qui n'est pas
donné à tout le monde, c'est une faculté que ne
possèdent pas tous les hommes ; mais ceux qui ne
la possèdent pas, ceux qui ne jouissent pas de ce
bonheur là, — parce qu'ils ont mis, dès leur naissance, leur intelligence en fourrière, et qu'ils ne
se servent, comme les polypes, que de leurs bras
pour vivre, — ceux-là ont d'autres bonheurs aux-
quels nous ne participerons probablement jamais.
Qu'importe !...

J'ai voulu revoir, il y a quelques années, la maison paternelle. La cour n'existait plus; on avait
bâti des ateliers dessus. Le splendide peuplier, —
planté au milieu de cette cour le jour de ma naissance, — coupé, déraciné et transformé en bû-
ches! Un voisin a réchauffé ses vieux tibias avec
mon acte de naissance! Le petit appentis de gauche, à deux compartiments, — le bureau de mon
père et la petite salle où je recevais le premier baiser de ma mère en revenant du collége, — changé
aussi, et en quoi, mon Dieu! en loge de portier...
Là où il y avait des bruits sérieux et des jasements

d'enfants, il y a maintenant des bruits de marmite et des parfums de savate ! *Ubi troja fuit* !... Voilà où fut mon enfance ! Voilà où se trouva mon bonheur !

Si la maison paternelle, — le nid où nous fûmes couvés cinq et d'où nous prîmes notre vol, dispersés par les orages vulgaires de l'existence, les plumes à peine poussées, — si cette chère maison n'est plus, chère patrie de nos premiers jours et cher témoin de nos premières joies comme de nos premières douleurs, il me reste au moins son souvenir où je puis me réfugier de temps en temps, quand il fait froid et noir dans ma vie de tous les jours. Aux secousses et aux gros temps de l'heure présente, j'ai à opposer le calme et le ciel bleu des premières heures de ma vie. Dante a eu tort de dire « qu'il n'est pas de douleur plus vive que celle de se rappeler dans les malheurs les jours de la félicité, » — et surtout de mettre ces paroles amères dans la bouche de Francesca di Rimini et dans le chant V; car l'aurore égaie le crépuscule de ses reflets, le printemps réchauffe l'automne de ses tièdes et doux rayons. Bonne et ravissante chose, au contraire, que ces souvenirs là. Ils vous font millionnaire au milieu de la misère !...

Je n'ai point encore terminé ce *speech* auquel je pourrais donner le même titre que celui donné à sa harangue par Cicéron, bourgeois d'Arpinum, panégyriste de Marius, puis de Sylla, avocat bavard, roturier infidèle à son origine. C'est, en effet, un discours *pro domo meâ* !

Pour ma maison! pour ma pauvre et chère rivière de Bièvre, — qui baignait son escalier!

Ah! cette rivière roule une eau fangeuse, noire, rouge, impossible, je le sais. Ses bords sont garnis de détritus et de débris d'animaux, c'est un égoût découvert, je le sais toujours! Mais ce que je sais aussi c'est que, pour moi, cette petite rivière a toute la poésie et le charme d'un ruisselet à l'onde cristalline, se jouant sous le soleil à travers les roseaux. C'est que, pour moi, qui l'aime, elle vaut la Voulzie qu'aimait tant Hégésippe Moreau.

Mme de Staël ne préférait-elle pas son ruisseau de la rue du Bac au splendide lac de Genève?...

Je me souviens qu'enfant je passais des heures entières, assis les jambes pendantes, sur la berge, à écouter le fracas des marteaux et des fouloirs et à regarder les rats nombreux sortir de leurs trous, traverser l'eau et se livrer, sur l'un et l'autre bord, des combats très-intéressants. Je n'avais pas lu encore la *Ba rachomyomachie* du vieil Homère, et je devinais qu'il y avait à faire un poëme burlesque, plein d'attrait, avec un combat de rats et de grenouilles.

Je me souviens aussi que tous les ans, aux vacances, je construisais une petite galiote en carton, je la bourrais de friandises et de fleurs et je la livrais tout joyeux et tout haletant aux caprices de l'eau de la Bièvre. Pourquoi? Je n'en sais rien. Les habitants des îles Maldives lancent tous les ans un petit vaisseau chargé de parfums, de gomme et de fleurs, comme une offrande à la mer. Je faisais peut-être mon offrande à la Bièvre. Les enfants sont aussi superstitieux que les sauvages.

Je me souviens encore que, — toujours sur les bords de cette affreuse rivière que j'aime tant, — il y avait un grand chantier qui aboutissait là d'un côté et de l'autre à la rue Fer-à-Moulin, à deux pas du cimetière Sainte-Catherine, qui est aujourd'hui l'amphithéâtre de Clamart.

Ce grand chantier était, à l'époque dont je parle, — complétement abandonné, chose rare dans une ville où il n'y a pas un pouce de terrain inoccupé; où l'on plante des maisons lorsqu'on devrait planter des arbres; et surtout dans un quartier industriel où l'usine et les métiers ont besoin de toutes les places disponibles, et même de celles qui ne le sont pas.

Quoi qu'il en soit, à cette époque, ce vaste chantier était complétement abandonné. L'herbe y croissait, épaisse et drue en beaucoup d'endroits, rare, et pelée en beaucoup d'autres où broutaient deux ou trois chèvres. Parmi ces herbes, tapis charmants pour les ébats printanniers, plancher facile aux rondes enfantines, — croissaient en abondance toutes ces plantes parasites qui poussent n'importe où et entre n'importe quoi, la folle avoine, la bardane, les chardons et la laitue que les anciens appelaient *la viande des morts*, — parce qu'elle croît en effet très-volontiers dans les cimetières.

L'été c'était un endroit charmant, à peine clos, où, — pendant le jour — venaient s'ébattre comme des moineaux-francs, des nuées de gamins tapageurs, et où l'on voyait,

« Bien des couples rêveurs qui le soir, à la brune,
» Se baisaient sur la bouche en regardant la lune... »

Il y a peut-être des gens qui s'imaginent qu'on ne sait pas aimer, pas être jeune, pas être beau dans ce plébéien quartier Saint Marceau. L'*ubi amor*, la patrie des cœurs, est partout, sous toutes les zones, sous toutes les latitudes, sous tous les costumes. Le pays où l'on s'aime — pour recueillir des enfants, — ce pays adoré est tout coin de terre où il y a un brin de soleil, un brin de verdure, un brin de jeunesse et un brin de beauté.

2

La chanson de Mignon est d'une mélancolie et d'une poésie touchantes :

« Connais-tu la terre où les citronniers fleurissent — *Kennst du das Land wo die citronen blühen?* — où, dans leur sombre feuillage, mûrissent les oranges dorées?... »

— Eh ! bien, cette chanson de Mignon se chante en français, en parisien, avec un accent faubourien même, sur les bords de la Bièvre! Seulement il n'y est plus question de citronniers ni d'oranges... Les amoureux qui la chantent parlent du pays empourpré, radieux, plein de promesses, où ils veulent aller, — et ils y vont... Il est donc naturel qu'une fois de retour de ce pays des rêves — et des réalités, — ils le regrettent, comme Mignon ; et y aspirent de nouveau, comme elle...

Je te raconterai tout à l'heure mes premières amours avec une petite ouvrière de la filature des *Cent-Filles*, — amours chastes, innocentes et éphémères qui n'ont laissé dans mon cœur d'autre trace que celle laissée par certains parfums précieux au fond du vase qui les a contenus, même durant l'espace d'un éclair. On peut briser mon cœur en mille morceaux, — c'est aux trois quarts fait, puisqu'il est fêlé, — chacun de ses morceaux

sentira encore l'amour, liqueur divine, que le ciel
y a versée il y a seize ans.

Je n'en ai pas encore fini avec les puérilités de
ce qu'on est convenu d'appeler le *golden age*,
un âge dont je voudrais bien avoir la monnaie aujourd'hui. Je n'en ai pas encore fini avec lui, et je
ne m'en plains pas. Ces souvenirs-là, ridicules et
ennuyeux pour les autres, me refont une jeunesse de quelques heures, me repeuplent la bouche de ses dents blanches, la tête de ses cheveux
blonds, l'esprit de ses papillons, le cœur de ses
niaiseries adorables. Que veux-tu? je m'arrête
avec complaisance et tendresse sur ce temps où je
n'étais encore qu'un petit bambin aux cheveux
ébouriffés, où je faisais des ronds dans les puits,
où je dénichais des oiseaux, où je faisais des accrocs à tous les endroits défendus de ma culotte,
où je me faisais un nez postiche avec des gousses
de tilleul, où je faisais des cocottes, où je jouais
aux barres, au cheval fondu, à saute-mouton, à la
bloquette, à la marelle...

Ah! la marelle! T'en souviens-tu? Moi, je m'en
souviens beaucoup.

Toutes les fois que je jouais à la marelle —
dans ce vaste chantier si hospitalier à tous nos
ébats, je ne sais plus trop comment je m'y prenais,

mais je ramenais toujours mon palet dans l'espace
réservé à l'*enfer*. Le moins qu'il pouvait m'arriver
était d'entrer dans le *purgatoire*. Jamais je ne suis
entré dans le *paradis*...

Je l'ai bien gagné pourtant.

III

Une histoire intéressante et triste à écrire, ce
serait l'histoire de certaines phrases, la Genèse de
certaines pensées qu'on rencontre dans certains
livres.

Souvent un mot est une larme cristallisée, une
phrase est un sanglot figé. Un récit n'est souvent
qu'un rideau derrière lequel se joue un drame, —
le drame de la vie et des passions du poète... On
se demande rarement, — quand on lit, — pourquoi telle pensée vous a remué, pourquoi elle vous

remue encore de temps en temps quand elle traverse votre souvenir. On ne sait pas quels chemins
ont dû prendre le cœur et l'esprit d'un écrivain
pour arriver à certaines conclusions. On ne le sait
pas, on ne tient pas même à le savoir, parce qu'il
faudrait lui en tenir compte. Et de fait le poëte,
qui se respecte un peu, ne doit pas mettre ainsi
les indifférents dans les secrets de sa vie, — ouvrir ainsi aux simples passants l'alcôve de ses sen-
timents.

Souvent, au milieu d'une raillerie, — masque
grimaçant qui cache un visage en larmes, — il y
a un mot de jeté qui vient révéler l'immensité de
cette douleur, comme une pierre jetée dans un
abîme en révèle la profondeur.

Lorsque le poëte vous dit : « — Triste comme
un sourire d'adieu ! » — « Menteur comme une
promesse de retour ! » — c'est qu'il a éprouvé les
navrantes douleurs d'une séparation et les amères
déceptions d'une promesse qui n'a pas été tenue.

Lorsqu'il vous parle des âcres voluptés, qu'on
éprouve à battre les pavés de la ville, — ou à courir
dans les chemins inondés de pluie, battus par l'o-
rage, — c'est que lui-même, — un jour que la
misère de son cœur et les tortures de son esprit
l'avaient poussé hors de son logis, — il avait res-
senti une sorte de joie sauvage à errer ainsi au ha-

sard, à se jeter ainsi au milieu d'un ouragan furieux, — il avait éprouvé une volupté amère à
sentir la pluie souffleter ses joues, tremper ses vêtements, glacer ses os, et ses larmes s'étaient mê-
lées à celles du ciel, et il avait jeté des cris et des
blasphèmes qui s'étaient perdus dans les clameurs
furieuses de l'ouragan !...

On ne sait pas ces choses. On n'a pas besoin de
les connaître. Pourquoi les connaîtrait-on? Le
métier de poëte est un apostolat. Qu'importent la
vie et les douleurs de l'apôtre si le résultat de sa
mission a été obtenu? Qu'importe son cri suprême
de désespoir, — son *Lamma sabactani* , — ses roi-
dissements, ses convulsions, son agonie, — si tout
cela a servi à rendre son œuvre éloquente, émou-
vante, humaine !...»

«Rude métier, lamentable histoire, pénible labeur! Etre le propre charpentier de son écha-
faud, — se traîner, de gaieté de cœur, à son Gol-
gotha, — se présenter à soi-même l'éponge pleine
de fiel et le calice d'absinthe, — retourner dans
les sentiers empierrés où l'on a laissé des lambeaux de sa vie, — refaire les stations douloureu-
ses de son douloureux Calvaire, — tout cela pour in-
téresser le premier venu et émouvoir la dernière
venue!

«Pauvres hommes de génie! Pourquoi et pour

qui donc écrivez-vous? Quelles séductions ont
donc pour vous des applaudissements que l'on vous
marchande et des sarcasmes que l'on ne vous
épargne pas? Quelle attraction vertigineuse a donc
pour vous cette grande impudique qu'on appelle
la gloire? Avec quels yeux éblouis entrevoyez-
vous donc cette froide justicière qui se nomme la
postérité?

La gloire! la postérité! En quoi les avez-vous
méritées? A quoi avez-vous été utiles?...

Ces réflexions me venaient l'autre jour en
voyant ouvert sur ma table un roman de M. de
Senancour, — *Obermann*; — ce livre si peu lu sur
lequel George Sand a écrit d'admirables lignes
qui le résument autant que peut être résumée cette
œuvre qui ne conclue pas, où il y a une telle las-
situde de la vie, où il y a un tel mépris du bonheur, que l'esprit s'arrête troublé, remué, épou-
vanté... Le cri, le blasphème d'Obermann, c'est,
— avec une intonation différente, — le cri poussé
par tous les rêveurs, par tous les chercheurs, par
tous les Prométhées de ce monde. C'est le *doute*
de l'Académie d'Athènes, le *non liquet* des Ro-
mains, le *peut-être* de Rabelais, le *que sais-je* de
Montaigne, le *qui en sabe* de Camoëns, le *chi lo sa*
de Dante, le *wie weet* de Bilderdyk, le *wer weiss*
de Klopstock; le *who knows* de Milton...

J'ai lu ce livre à différentes époques de ma vie. La première fois que je le lus, j'étais jeune, très-jeune et amoureux, très-amoureux. Je ne compris pas le superbe dédain, le sublime oubli d'Obermann à l'endroit de la femme; — et je jetai le livre, — scandalisé.

Je viens de le relire. Je comprends un peu mieux.

Il arrive un moment où l'amour ne compte plus dans l'existence de l'homme, où il le rejette comme un manteau trop lourd, pour marcher plus vite et plus sûrement à son but, pour n'avoir point à le rejeter plus tard comme la robe brûlante et empoisonnée du Centaure.

L'heure où s'accomplit ce sacrifice est solennelle dans la vie d'un homme. Il sent en lui, — à ce moment, — des tressaillements et des déchirements inéprouvés jusque-là. Les parfums des coupes brisées et des roses effeuillées lui montent au cœur et l'enivrent encore. Les chansons de fête et les bruits de baisers résonnent à son oreille, mais pour la dernière fois... Ces parfums et ces bruits vont s'évanouir et s'éteindre. On ne les sent presque plus, on les entend à peine; tout à l'heure tout sera dit. La métamorphose sera complète. Les rubans roses de l'amour ne peuvent plus cacher les cheveux blancs qui viennent d'apparaître au

milieu de vos cheveux noirs comme des prophètes
de désastres et de ruines au milieu d'une fête
joyeuse... Votre démission de jeune homme, s'il
vous plaît, monsieur?

Avant de la donner, je veux rester quelques
instants encore à écouter les grelots d'argent du
souvenir, et noyer mon regard dans une image
flottante à l'horizon du rêve.

Je ne fais pas impunément ce voyage sur les
bords de la Bièvre, d'où chacun de mes pas fait
partir des nichées de souvenirs. Je ne m'arrête pas
impunément dans ce grand chantier où broutaient
les chèvres attachées à un piquet, — où séchaient
quelques linges attachés à une longue corde, —
où poussaient les chardons, les giroflées de murailles, les pariétaires, les mousses, les saxifrages,
— où couraient les beaux lézards et les orvets aux
yeux d'or le long des vieilles pierres, — où nous
nous réunissions pour jouer à la marelle et aussi
pour montrer et voir la *comédie pour une épingle*.

La *comédie pour une épingle!* aucun drame, aucun opéra-comique, aucun vaudeville, aucune tra-
gédie, ne m'a donné les émotions que me donnait
la *comédie pour une épingle!* Il faut avoir été jeune
pour savoir ce qu'il y avait de joyeuses attentes et
de manifestations de bonheur dans cette simple
comédie pour une épingle! Trois morceaux de car-

tons fermés par un rideau de papier bleu, avec des
rainures où l'on passait des bonshommes en papier
chargés de représenter et de dire quelque chose les
Voilà le théâtre, voilà les acteurs, voilà les pièces !...
Quand je songe qu'un jour je pleurai toutes les
larmes de ma tête parce qu'il m'était impossible
de payer mon entrée !

Je n'avais ni une *épingle*, ni un clou, ni quoi
que ce soit. Je n'avais rien. J'avais tout donné à
Louisette pour qu'elle pût voir, — et je croyais
que cela ne m'empêcherait pas de voir, moi aussi.
Mais le contrôleur fut impitoyable, mes larmes furent impuissantes, et Louisette ne se dérangea
même pas de toute la représentation pour venir
me consoler.

Elle ne me consola que longtemps après.

Ah ! Louisette ! Louisette !...

IV

Les élégants, les lions, les gentilshommes, — toute la *gentry*, en un mot tous les gens de *little* et *high life*, — ne se doutent guère que la plupart des adorables maîtresses dont ils ornent leur côté comme d'un bouquet de lilas ou de violettes, sortent du faubourg Marceau — qui est la grande fabrique de l'espèce féminine.

Toutes ces filles, pâles ou roses, blondes, brunes ou dorées, nonchalantes ou alertes, dédaigneuses ou sans façon, — mais presque toutes charmantes, — qui ont loge à l'Opéra, coupé au mois, boudoirs splendides, toilettes inouïes, — qui se noient dans

des flots de dentelles et dans des rivières de dia-
mants, — on sait où ces rivières prennent leur
source ; — toutes ces filles, qui font *profession de
savoir l'amour*, viennent en effet de là.

Cela a été constaté par les statistiques des Pa-
rent-Duchâtelet, des Béraud et des Frogier ; mais,
à défaut de ces graves bouquins, on peut arriver à
cette constatation avec certaines précautions et une
certaine persistance.

Pour l'observateur attentif et soigneux, qui ne
laisse traîner aucun détail, qui ramasse les mots
sans importance tombés ça et là et destinés à être
oubliés par les autres, il y a de ces détails de costume et de langage qui trahissent et accusent fortement l'origine plébéienne de ces vierges folles.

D'ailleurs, quelques-unes d'entre elles l'avouent
parfois, cette origine, dans un moment de fran-
chise brutale, en vue d'humilier l'homme qui les
paye. Elles l'avouent, parce qu'elles sont sûres
qu'il ne les croira pas.

Cela est, pourtant. Ces aristocratiques personnes
qui, de leurs blanches menottes, fripent et déchi-
rent si négligemment tant d'étoffes précieuses, —
qui, de leurs non moins blanches quenottes, rongent si nonchalamment des héritages fabuleux, —
ces aristocratiques Laïs, ces Phrynés élégantes, ces
Aspasies de bon goût et de bon ton qui ressemblent

à la première duchesse venue, ont eu pour commencements les filatures et les fabriques du *faubourg souffrant*.

Leur premier amant, — *leur homme*, lorsqu'elles n'avaient pas encore quinze ans, — celui qui les battait et qu'elles regrettent souvent, — n'en déplaise à leurs amants d'aujourd'hui et à ceux de demain, — leur premier amant a été un camarade d'atelier, un compagnon de leurs travaux et de leurs jeux, un blousier, un voyou quelconque. C'est fâcheux, sans doute, mais c'est ainsi. Ces messieurs du faubourg ont le dessus du panier des amours, et comme ils ont l'appétit des vingt ans, ils mordent aux grappes amoureuses lorsqu'elles sont dans toute leur fraîcheur, dans tout leur éclat, dans toute leur saveur, dans tout leur parfum, — et ils n'en laissent que ce qu'ils ne peuvent pas manger. Heureusement qu'ils en laissent beaucoup.

Qu'importe le flacon, pourvu qu'on ait l'ivresse!

n'est-ce pas, *gentle reader?*

Qu'importent les commencements? Le fier palmier commence bien dans un grossier vase d'argile..

Louisette était née en plein faubourg Saint-Marceau, et elle était très-belle, — ce qui est très-

3

commun chez les gens communs, beaucoup plus commun que chez les gens distingués — qui remplacent la beauté par la distinction.

Elle travaillait à la filature des *Cent filles*, rue Censier, où il y avait, pêle-mêle, confondus, de cent cinquante à deux cents ouvriers des deux sexes et de tous les âges.

Louisette avait dix ans quand je la rencontrai, un jour qu'elle sortait avec son pain bis pour aller déjeuner sur l'herbe du grand chantier voisin, et que j'étais sorti, moi aussi, pour aller faire le lézard au soleil, dans ce chantier.

Je la vois encore dans ses haillons couverts de flocons de laine, grignottant du bout des dents ce vilain pain bis très-dur qu'elle partageait avec un régiment de moineaux, marchant pieds nus sur les pavés du roi et sur l'herbe du bon Dieu, et secouant de temps en temps sa brune chevelure si sauvagement emmêlée et de laquelle pendaient des tordions, croisés de laine blanche, qui faisaient un effet étrange.

Avec cet accoutrement une autre eût trouvé moyen d'être laide et repoussante. Elle, au contraire, avait trouvé moyen d'être charmante...

Cette petite fille du peuple si bizarrement vêtue, avait un visage d'une candeur et d'une beauté remarquables. Je ne la poétise pas, je raconte tout simplement et tout sincèrement.

Sa bouche rose — « nid de baisers prêts à s'envoler, » — souriait rarement ; mais quand elle souriait, c'était pour verser le baume de ce sourire sur la mauvaise humeur et la méchanceté des autres. Le charme mélancolique de ce sourire lui venait d'une dent cassée, — chère perle, — par un soufflet de sa mère. Il y a des mères qui battent leurs filles dans le faubourg Marceau ; il y a là des maris qui battent leurs femmes, là, comme ailleurs, — un peu plus qu'ailleurs, toutefois...

Ses yeux étaient bruns et doux, malgré cette couleur sombre. Ils étaient ourlés de noir et l'on voyait encore pendre, — en guise de cils, les bouts de soie dont la nature s'était servie pour les faire. Ces yeux-là étaient bien les frères de la bouche ; ils s'ouvraient en même temps qu'elle, souriaient comme elle, et, comme elle, guérissaient.

Toutes les fois que je rencontre une gravure de Lawrence, je songe à Louisette.

Comme presque toutes les natures rêveuses et impressionnables, cette humble fille du peuple, — grossière de costume, délicate d'instincts, — était très-religieuse. Personne ne lui avait appris, dans sa famille, le chemin de l'église, — elle y allait régulièrement.

Malgré le peu d'envie que j'en eusse, j'y allais avec elle. Mais je dois l'avouer, la créature m'occupait plus que le Créateur. D'ailleurs elle priait pour nous deux, — cette jeune vierge plébéienne, pleine de gaucherie, de timidité et de grâce.

O saint Médard, — saint des quarante jours de pluie, — que ton obscure église nous a vus de fois, elle et moi, agenouillés sur tes dalles froides, elle égrenant son rosaire et murmurant ses *oremus*, moi, tourmentant ma casquette et murmurant contre ses prières !... L'amour est un dieu jaloux des autres dieux...

Quant à elle, elle associait très-bien mon image profane à l'image divine, mais très-chastement. Je ne sais pas comment elle s'y prenait pour cela, mais elle le faisait. Je dois le croire, puisqu'elle me le disait.

Je me souviens qu'un dimanche de la Pentecôte, le curé de St-Médard était en chaire; il lisait à ses ouailles la prose latine de ce jour-là : *Dulcis hospes animœ.....* (Seigneur, doux hôte de l'âme, etc.) Je regardais Louisette. Tout à coup je vis ses yeux se noyer de larmes. Elle ne comprenait pas, cependant, ou elle ne devait pas comprendre. Mais il y avait dans la voix du prêtre une telle onction, une telle ferveur, une telle tendresse, que la traduction du texte latin lui arrivait au cœur par des voies inconnues et sympathiques. Elle était chrétienne — sans avoir été baptisée, et je me souviens qu'elle s'écria : « Je voudrais être au Seigneur... et à toi !.. »

Hélas ! elle ne fut ni au Seigneur ni à moi !...

Nos amours ne durèrent pas longtemps. Deux ans à peine. Elles finirent bien tristement.

Un jour de vacances, je m'étais échappé, j'avais traversé la Bièvre sur une planche et j'étais entré dans le grand chantier par l'échancrure faite à son mur de ce côté-là.

Il était deux heures. Le soleil éclairait ce grand espace à ce moment désert.

Un cheval paissait, — grave et comme ennuyé, le licol traînant, la tête perdue sous les flots secoués de sa longue crinière.

Je le reconnus vite pour un vieil ami que je n'avais pas vu depuis quatre mois, pas plus que Louisette. C'était un vieux cheval de charette qui avait eu des jours glorieux et qui traînait maintenant des mottes à brûler dans tous les quartiers de Paris. Une bête rustique, mais vaillante, qui avait perdu ses forces mais qui avait conservé sa mâle encolure et surtout son grand œil intelligent. On l'appelait l'ami, — et jamais bête ne fut mieux appelée.

Je bondis vers lui, il leva la tête et accourut vers moi.

J'allais lui demander des nouvelles de Louisette, — et il allait m'en donner, — lorsque je la vis apparaître elle-même à l'extrémité du chantier.

Nous courûmes l'un vers l'autre, et pendant quelques instants nous restâmes embrassés et comme suffoqués par notre joie.

Louisette avait quatre mois de beauté de plus.

J'avais quatre mois d'amour de plus.

Nous n'étions — ni elle, ni moi — dans l'âge où l'amour est jugé dangereux par les grands et petits parents. Nous aurions pu aller tous deux au bois,

> « Cueillir la violette,
> Giroflée! girofla!... »

nous ne serions pas revenus trois.

Et pourtant c'est à cet âge-là que la passion est le plus dangereuse, en ce qu'elle pousse vigoureusement ses racines dans les cœurs bien disposés à la recevoir.

Mais les parents, — grands et petits, — ne savent pas cela, et ils laissent ensemble de longues heures, de longs mois, de courtes années, des enfants qui ne sont pas destinés à vivre ensemble et qui se souviendront toujours, quoi qu'on fasse, qu'ils avaient résolu de ne jamais se séparer...

Nos caresses enfantines données et reçues, rendues et reprises, on improvisa une promenade à cheval sur l'*Ami*.

L'animal me comprit et il s'avança vers nous avec un petit hennissement de satisfaction.

Je l'avais souvent monté à crû et, grâce à son allure pacifique et solennelle, je n'avais jamais fait de chutes. Cela m'encouragea à lui confier Louisette, — après avoir, au préalable, recouvert sa vieille échine de mon vieil habit de collégien, les boutons en dessous, bien entendu.

Louisette n'était pas une amazone bien aguerrie. Elle ne s'était jamais assise que sur une chaise, sur un banc ou sur l'herbe; elle n'avait point encore l'habitude de ce siége mouvant, et son premier mouvement fut un mouvement d'effroi.

Cette frayeur, — que je raillai de mon mieux, — était un pressentiment. Je fouettai l'*Ami* et, moi tenant sa longe, elle tenant sa crinière grise, nous fîmes quelques tours dans l'enclos.

C'était charmant et puéril. Le ciel avait ce jour-là son outremer des jours de fête, — le soleil ses rayons d'or les plus gais et les plus réjouissants. Le trot paisible et régulier de l'*Ami*, — qui paraissait s'associer à notre bonheur et qui soufflait bruyamment et d'une manière amicale, — avait donné des couleurs plus rosées et plus éclatantes aux joues un peu pâlies de Louisette. Elle jetait

de temps en temps de petits cris de biche effarou-
chée que je faisais semblant de ne pas entendre, et
je continuais de houssiner la monture et de l'ai-
guillonner pour la réveiller un peu de son allure
monotone.

Si les joues de Louisette étaient roses, les miennes étaient rouges. Le sang m'envahissait la face
et me battait violemment aux tempes. Les cheveux au vent, la cravate dénouée, la chemise dé-
chirée, j'allais, j'allais, j'allais, tournant et faisant
tourner l'*Ami* dans une ronde qui, pour être calme,
— comme le comportait le caractère de ce brave
animal, — n'en devenait pas moins vertigineuse.

— André ! s'écria Louisette avec un accent d'effroi réel, — André, arrête l'*Ami*... j'ai peur !... je
veux descendre !...

Je ne l'avais pas écoutée, — peut-être ne l'avais-
je pas entendue, occupé que j'étais à écouter le bruit
étrange que faisaient les battements de mon cœur
et les bouillonnements de mon sang. Et au moment même où elle proférait pour la deuxième
fois ce cri d'alarme, je cinglais le vieux cuir du
pauvre l'*Ami*, — qui n'en pouvait plus.

Cette fois un troisième cri fut poussé, — mais si
déchirant, si douloureux, si plein de reproche,
qu'à seize ans de distance je l'entends vibrer encore en moi.

Puis je sentis à travers le visage comme un souffle chaud et une douleur aiguë — et je tombai.

En me relevant j'aperçus Louisette évanouie sur le sol, pâle comme le furent depuis des visages aimés, à leur dernière heure, — les cheveux dénoués, les lèvres contractées et bleuies...

L'*Ami* était immobile, jetant le feu par ses naseaux, tout en sueur, et me regardait de *ses grands yeux tristes*, — comme dit le romancero à propos de Babieça, le cheval du Cid.

L'*Ami* était couronné — et Louisette s'était cassé la jambe!

Je n'appris tout cela que beaucoup plus tard, quatre ou cinq mois après, lorsqu'il était trop tard. Car je l'avoue ici, — et cet aveu me coûte, — en apercevant Louisette étendue sur le sol, avec sa pâleur et son désordre, je la crus morte, et je courus tout halétant vers la maison paternelle, d'où je ne sortis pas de quelque jours, appréhendant à chaque minute, dans des angoisses terribles, la venue des gendarmes et du procureur du roi...

L'*Ami* fut confié à l'équarisseur le lendemain de cette lamentable journée. Quant à ma pauvre Louison-Louisette, elle fut confiée aux soins d'un rebouteur du quartier qui lui raccommoda la jambe, mais qui ne put l'empêcher de boiter.

Maintenant, mère heureuse, aux bras d'un autre
époux,
Louisette a oublié le grand enclos de la Bièvre, la
filature des Cent filles, le vieux l'*Ami*, le jeune
André, et quand on lui demande par hasard la
cause de sa claudication, elle ne se la rappelle
plus...

V

La Bièvre symbolise l'existence de certains in-
dividus.

Elle commence humble, chétive, silencieuse,
mais roulant une eau claire sur un lit de cail-
loux, à travers des méandres capricieux et le long
de rives ensaulées, se perdant dans les prés où
paissent, — majestueuses et nonchalantes, — de

belles génisses au fanon blanc, à la croupe un peu anguleuse, la queue battant les flancs, — comme dans les toiles de Paul Potter, ou comme dans l'un de ces tableaux trop rares de Johann Breughel qui m'ont fait écrire quelque part :

Si j'avais de l'argent j'irais passer mes jours
Dans un des pays peints par *Breughel de velours* !

Et je n'y ferais pas de vers, surtout.

C'est ma vie à sa source. Obscure et roulant son onde limpide où le soleil vient de temps en temps désaltérer un de ses rayons brûlants, où le ciel vient de temps en temps laver sa robe bleue. Pas de grands bruits, pas de grosses tourmentes, pas de désastres considérables. Des rides légères que font les brises attiédies en passant à sa surface, — une caresse plutôt qu'une larme, — et, pour toute tempête et pour tout malheur, un murmure innocent, une gronderie sans éclat du petit flot contre un petit caillou qui entrave sa course vagabonde.

Puis, peu à peu,—les années venant et l'adolescence s'en allant, — la vague se courrouce, le flot s'emporte et se brise avec plus de fougue contre des obstacles plus sérieux: Le ruisseau courait tout à l'heure à travers les prairies, le long des haies de sureau, au sifflement gaillard des merles, avec

toute l'allure un peu folle du poulain qui n'a point
encore senti la selle , le harnais et le collier. Il
pouvait rêver à son aise, dormir à son caprice et
chanter à son gré ; on ne lui demandait pas d'être
utile et il ne demandait qu'à être inutile.

Voilà que son lit se creuse et s'élargit ; sa course
se règle, sa fantaisie se modère, sa vie s'endigue;
il est fort, il faut qu'il soit utile. C'est la loi com-
mune et providentielle. L'homme doit commencer
de bonne heure son labeur, endosser de bonne
heure la livrée du travail. Le ruisseau fait maintenant tourner la roue d'un moulin ; il aide à
moudre le blé , il aide à la vie des autres et de
lui-même.

Ce n'est pas tout. Ce n'est que le commence-
ment. Il faut obéir à la pente, aller à travers le
grand chemin au grand but, traverser la Seine
pour aller se perdre dans l'Océan, — goutte d'eau
au départ, goutte d'eau à l'arrivée, — larme tom-
bée des yeux bleus d'une nymphe rêveuse des environs de Versailles et bue par une huître bâillante
des environs d'Etretat.

Avant de mêler son onde aux eaux du grand
fleuve, puis de la grande mer, il faut quelquefois
la laisser rouler sur un lit de vase, le long de rives
froides et tristes, sans consolation et sans poésie.
C'est le moment terrible, c'est la crise. L'eau de la

jeunesse est souvent ainsi noire et boueuse, sans gaieté et sans soleil, sans grandeur et sans parfum, remuée par les passions, endiguée par les devoirs, servile et laide, avachie et sans conscience, contrainte par le besoin ou forcée par les désirs — coupable ou malheureuse...

Il faut toujours aller, aller sans cesse, aller sans fin. L'homme commence au berceau, mais il ne finit pas à la tombe ; la rivière commence dans un creux de rocher, mais elle ne finit pas à l'Océan, car l'*Océan est le père des choses*, comme la mort est le moule des êtres...

L'humble rivière, — hier limpide, aujourd'hui troublée, — sera demain un fleuve calme et fort, portant tous les fardeaux sans murmure, recevant toutes les fanges sans en être souillé, tous les tributs sans en être enorgueilli, courageux et indifférent aux chances diverses de sa course, résigné aux fortunes diverses de sa pérégrination...

La Bièvre part de Guyancourt et se jette dans la Seine au boulevard de l'Hôpital. Je la remonte comme je remonte mes souvenirs, allant contre le courant, tournant le dos à l'avenir, les yeux fixés vers la source — où j'aime à me retremper.

A son embouchure elle côtoie le Jardin-des-Plantes qui est le point de jonction de ma vie passée et de ma vie présente.

Je ne saurais, sans être ingrat, ne pas consacrer un souvenir affectueux et presque tendre à ce cher Jardin-des-Plantes, le vrai jardin, le jardin par excellence, dont le Luxembourg et les Tuileries, — bien que ses aînés, — ne sont que de pâles imitations.

Je ne m'attendris pas à froid et je n'ai point de tressauts à propos d'un brin de gazon. Mais je te le dis en toute sincérité de cœur et d'esprit, ce n'est point sans une certaine émotion et une certaine exultation que je traverse cet immense jardin dont les vieux et grands arbres ont vu mes jeunes et petits premiers pas.

Je dis : cet *immense* jardin — et je ferais sourire quiconque m'entendrait. Et pourtant, pour moi ce jardin est immense comme une forêt. Je le vois toujours à travers mes lunettes d'enfant, avec les yeux qui me faisaient prendre la petite fontaine du coin de la rue de Poliveau pour un lac — et les peupliers qui l'ombragent pour des géants chevelus comme le bois de Meudon.

J'ai une tendresse particulière pour ce jardin-là qui n'est point, — comme les autres, battu par des tourbillons de promeneurs et qui n'a souvent, pendant des journées entières, d'autres hôtes que ses hôtes sauvages. Ce n'est point un jardin banal.

J'y suis venu ramasser des marrons pour m'en faire des colliers d'une toison d'or quelconque et des gousses de tilleul pour m'en faire un nez postiche. Les sylvains et les hamadryades qui en font leur séjour habituel, ne sont point effarouchés des turbulences de la jeunesse. Plus d'un m'a vu passer l'œil en feu, le front en sueur, le costume en désordre, — courant je ne sais plus après quels papillons !... J'ai senti le souffle caressant de plus d'une passer sur mon jeune visage et troubler la surface limpide de ma jeune âme.

Où êtes-vous, sylvains rieurs, amis de l'enfance ? folles hamadryades, amies des vieux sylvains, — où êtes-vous ? Si la fable qui vous concerne est vraie, — et elle le doit être, comme le sont toutes les fables qui sont des vérités en tenue de bal masqué, — s'il est vrai que votre destinée soit indissolublement liée à celle des chênes, des arbres au milieu desquels vous êtes nées, vous vivez toujours, ô sylvaines ! puisque les vieux marronniers de la longue allée — où je suis venu m'ébattre tout petiot, tout « enfanctelet, » — dressent toujours vers le ciel leur tête toujours plus verte et plus touffue !... Vous m'avez vu, poupard rose, tout titubant sous les premières ivresses de la vie, « me pourmenant au soleil, » — et aujourd'hui vous me revoyez, grand garçon barbu, moustachu, chevelu,

le nez au vent, les mains dans les poches, l'œil en
point d'interrogation, marchant nonchalamment
dans vos allées sablées et regardant à mon tour —
d'un regard attendri — les ébats bruyants des
bambins qui en feront peut-être autant que moi,
un jour, s'ils en ont le temps !....

Vous vivez toujours, — sylvains et querquetu-
lanes ! — C'est donc bien intéressant pour vous
d'assister ainsi à l'éclosion des générations et de
les suivre jusqu'à leur décrépitude ?...

Même encore aujourd'hui je reste tout rêveur
devant le treillage derrière lequel sont parqués
certains animaux que la captivité a rendus mélancoliques : le bison, — entre autres, — qui ressemble tant à un littérateur très-connu, — et la
vache écossaise qui ressemble si étrangement, avec
ses cils blancs et son coronal rouge, à un bourgeois
très-inconnu !

Pauvre bison ! comme il a l'air d'être empoigné
par la nostalgie ! Comme il rumine bien en exilé !
Il y a dans tout son air un regret profond des
prairies natales et des bois familiers, un souvenir
des Delawares et du vieux Trappeur. On dirait
presque, par instants, à voir certains regards noyés
et le mouvement attristé de ses mâchoires, qu'il
murmure une sorte de *super flumina Babylonis* —
le psaume le plus attendrissant du monde.

Pauvre vache écossaise ! celle-là aussi s'ennuie—malgré les joies de la maternité qui lui ont été procurées et qui se sont traduites par un charmant petit veau de la même couleur, mal jambé, tout gauche d'allures, tout trébuchant, tout dégingandé, tout étonné. Ils ont l'air tous les deux de rêver aux brumes de la Tweed, aux cornemuses des higlanders, aux noëls des chevriers... Il me prend parfois des envies d'aller louer un volume de Walter Scott ou les poésies de Robert Burns—et de venir leur en lire quelques pages, échos de la patrie...

Et le bassin des gallinacés, des palmipèdes et des longirostres ! Avez-vous vu quelquefois là un cormoran, qui,—perché sur une patte,—considère d'un air si mélancolique l'eau du bassin, veuve de poisson ? Voilà dix ans que je le surprends, — à quelque heure que je vienne,—dans cette position de pêcheur ! Voilà dix ans qu'il attend une anguille !

Ce cormoran est un de mes amis. Quand je passe de son côté et qu'il m'aperçoit, il quitte le bord du bassin, vient fourrer son long bec à travers les claire-voies du treillage, et se plante en face de moi, sur sa longue patte, — l'autre est soigneusement dissimulée sous son aile, — et il attend. Il attend même très-longtemps.

Pauvre cormoran !

VI

Le Jardin-des-Plantes a d'autres charmes encore à mes yeux. Il n'est point riche seulement en hôtes à deux ou quatre pattes, — en échantillons du règne animal ; il est riche surtout en produits végétaux. Je crois qu'il a tous les arbres et toutes les plantes du globe, — hormis le baobab et l'upas, — comme il a tous les animaux des deux mondes, — excepté peut-être le *rotifer* de Charles Nodier.

C'est une immense bibliothèque d'histoire naturelle que ce jardin. On y peut lire, — pour peu qu'on ait de bons yeux, — tous les livres des Buffon, des Tournefort, des Daubenton, des Linné, des de Jussieu, — et surtout le livre du bon Dieu, le mieux écrit de tous, le plus clair et le plus savant, le plus vrai et le plus poétique.

Aussi le Jardin-des-Plantes a-t'il des coins tou-

jours verts, et il ne présente pas, — dans la mauvaise saison, — ces squelettes d'arbres qu'on voit
errer ailleurs durant l'hiver.

Aussi est-il toujours un admirable jardin, plein
d'ombre et de soleil, de solitude et de gaieté, —
propre aux jeux bruyants de l'enfance, comme aux
rêveries silencieuses de la jeunesse et aux médita-
tions sévères de l'âge mûr. On s'y recueille, on y
joue, on y aime, on y rêve. La bonne d'enfant, —
ornée de son inséparable *pays* en pantalon ga-
rance, — y coudoie l'étudiant, — le provincial y
heurte le poëte, la foule y côtoie le désert.

Je ne le traverse jamais en vain. Je ne m'y arrête
jamais impunément. Il me tombe, — du haut de ces arbres séculaires, — je ne sais quelle sensation étrange
de bien-être; il s'exhale vers moi, de ces parterres
en fleurs, — je ne sais quels parfums et quels senti-
ments qui m'enivrent et me transforment.

Il y a des bains de soleil et de verdure qui sont
des bains de Jouvence.

Je les recommande aux malades de cœur et
d'esprit, à ceux que la lourde besogne de la vie a
fatigués outre mesure, à ceux qu'une trop longue
attente de biens trop désirés, ou de bonheurs trop
convoités, a rendus amers, injustes et méchants,
— à tous les fous, à tous les orgueilleux, à tous les
amoureux, à tous les malheureux.

La nature est le guérisseur souverain. Elle a une panacée infaillible !...

Ce qui fait qu'on ne croit pas en elle, c'est qu'on ne croit pas assez en soi. Il ne faut douter de rien ni de personne en ce monde. Pour être aimé, plaint et regretté, il faut être doux, bon et hospitalier aux autres et à soi-même.

Il y a des sources d'honnêteté, de bonté et de bienveillance. Il faut aller s'y désaltérer.

Elles ne sont pas loin, d'ailleurs. Elles sont partout, — ou presque partout.

Tant qu'il y aura, voyez-vous, une goutte d'eau sur une feuille d'arbre, — un scarabée d'or dans le calice d'une fleur, — une ravenelle sur la crête d'un vieux mur, — de rouges coquelicots dans les épis jaunissants, — un oiseau chantant sous les ramures, — des poissons d'argent sautant dans les ruisseaux, — de fauves troupeaux pâturant dans de vertes prairies, — des canards dans une mare, — le bruit du vent dans les roseaux, les bandes jaunes du soleil couchant et les bandes roses du soleil levant, et, — au milieu de ce paysage, — des groupes d'êtres humains pleins de sève, de jeunesse, de santé, des ombres confondues, une musique de soupirs et de baisers, des hymnes de félicité, de concorde et d'amour ; — tant qu'il y aura de ces choses au monde, il y aura de la poésie, c'est-à dire du bonheur ; et aveugles et sourds seront ceux qui ne verront rien de ces splendeurs et qui n'entendront rien de ces harmonies, — ou qui auront l'outrecuidante naïveté d'apporter le livre de leurs poëtes aimés en face de ce poëme vivant, superbe, resplendissant, incommensurable, éternel, qui s'appelle la vie — et qui a pour poëte un illustre anonyme de génie ! Des livres en face de Dieu, allons donc !...

Pour ma part, — la main sur ma conscience qui me dicte ces pages, — la main sur mon cœur qui y applaudit, — je l'avoue ici : je préfère les tableaux de Miéris aux toiles de Salvator Rosa, — les chefs-d'œuvre du Poussin aux chefs-d'œuvre de Paul Véronèse, — les paysages de Troyon, de Rousseau ou de Daubigny aux choses peintes d'Horace Vernet ! Mais une chose que je préfère à toutes ces choses, — un chef-d'œuvre que je mets au-dessus de tous ces chefs-d'œuvre, — un paysage que j'aime mieux que tous ces paysages, — c'est le chef-d'œuvre éternellement jeune et éternellement beau de la vie, c'est le paysage immortel signé d'un nom que les enfants balbutient dans leurs prières du soir, et que les vieilles femmes marmottent dans leurs oraisons de toute la journée. La plus belle page de George Sand et les plus beaux vers de Victor Hugo, — deux grands poëtes pourtant, — ne valent pas pour moi un coin de gazon où s'agitent des milliers d'êtres, — un coin de forêt où croissent des milliers de plantes. J'ai passé bien des nuits dans les bois, — sanglotant et songeur, — une main posée sur ma poitrine bondissante, l'autre main crispée sur mon front en sueur, mordant la terre de mes lèvres convulsives où courait sans cesse un nom trop cher, et toujours,—en présence des bruissements sonores et des harmonies sans fin dont j'étais entouré, sous l'influence des aromes sans nom dont j'étais inondé,—je me suis senti reconforté ! Et toujours je suis sorti meilleur et moins débile de ces combats douloureux où j'assistais à l'agonie de mes profanes amours ! Et toujours le nom, — maudit la veille, — qui courait frénétiquement sur mes lèvres embrasées, sortait, purifié par le pardon, de mon cœur désormais plus libre. Ah ! croyez-moi, cette influence salutaire, vous ne la rencontrerez nulle part ailleurs ! Ce baume guérisseur des blessures du cœur, vous ne le cueillerez pas dans vos livres — où ne croissent que la scabieuse, la ciguë et les pavots !...

La poésie ne se chante pas, l'amour ne se chante pas, le vin ne se chante pas. On aime la femme, on boit le vin, on respire la poésie par tous les pores du cœur, de l'esprit et du corps. Pourquoi chanter,

les belles et bonnes choses? Qu'a-t-on besoin —
pour être heureux — que votre bonheur vous soit
servi dans un langage, harmonieux sans doute parfois, mais, dans tous les cas, insuffisant et incom-
plet? Est-ce qu'il ne vaut pas mieux chercher à
déchiffrer le grand alphabet de la vie humaine,
étudier la langue universelle, —c'est-à-dire la nature, — dans toutes ses manifestations, dans tous
ses modes, dans tous ses tons, dans toutes ses gam-
mes? Quels trésors de poésie il y a en elle, mes
amis! Votre vie tout entière ne suffirait pas à la
recherche de ces richesses que vous dédaignez un
peu trop. Prenez-en donc ce que vous pouvez en
prendre, sans fatigue et sans ennui; faites votre
moisson périodique de poésie, pour faire votre ré-
colte de bonheurs!

VII

Je me fais — par distraction — le fossoyeur de mes années. Seulement, ce n'est pas dans une tombe de quelques pieds que je les ensevelis, mais dans un gouffre sans fond, — d'où elles ne pourront plus remonter.

Quelquefois, — en me penchant sur l'abîme pour essayer de les ressaisir, — mon œil aperçoit quelque pan de souvenir qui flotte çà et là dans le vide, retenu aux aspérités des parois de cet abîme.

C'est qu'en tombant, l'année à laquelle appartient ce lambeau s'est heurtée trop violemment, et qu'elle a laissé de sa chair aux saillies aiguës de son tombeau. En me rappelant bien, — en effet, — je me souviens que, lors de son ensevelissement pour l'éternité, un gémissement s'est fait entendre...

O ma jeunesse ! ô mon cœur !...

Puis je vois aussi quelquefois pousser, — entre les joints des pierres sépulcrales, — audacieusement penchées sur l'abîme, de pauvres petites fleurs mélancoliques. Ce sont les rayons de soleil de mes nuits ; ces pariétaires sont les éclats de rire et les larmes de joie de mes années englouties. Elles constatent que j'ai été heureux, — quelquefois...

Je les ai évoquées et les voilà toutes qui s'envo lent devant mes yeux un peu troublés par leur ap parition et par leur nombre, comme ces oiseaux d'hiver qui traversent le ciel en longues files, « chantant leur lai » ainsi que le dit Dante — *E como i gru van cantando lor lai...*

En voilà une qui vient de se détacher du groupe et s'abattre — comme fatiguée — devant moi.

Elle est bien lourde, bien chargée d'événements pour moi, en effet...

Vous m'interrogiez, l'autre jour, — toi penché sur moi, ta maîtresse penchée sur toi. Vous vouliez savoir de ma bouche quelles routes j'avais prises pour arriver au bonheur — où je ne suis pas encore arrivé...

O mes charmants amis, doux amoureux candides,
Qui venez, curieux, interroger mes rides,
Et savoir de mon cœur — où tout est cendre et mort,
L'avenir étoilé que vous garde le sort !...

4

Comme vous maniez finement l'ironie !...
Ces questions, à moi, dont la vie est finie !
Qui ne sais plus quelle heure il est dans mon passé !
A moi qui traîne à peine, ici, mon pied lassé,
A moi qui ne vis plus, vous deux qui voulez vivre,
Vous dites d'épeler les pages du grand livre,
Pour savoir de ma lèvre, et vous en attrister,
Sur combien d'heureux jours vous pouvez bien
                                        compter !
Quelles félicités et quel bonheur suprême,
Pouvez-vous demander après ce bien-là : J'AIME !
Quand on a vos vingt ans, vos charmes, votre ardeur,
On sait prendre tout seul la route du bonheur !...

Et vous la prendrez — et vous l'avez prise...

D'ailleurs, mauvais guide pour moi-même, comment voulez-vous que j'en sois un sûr pour vous ?

Ecoutez-moi, et comprenez-moi.

Il y a, au haut de la rue Mouffetard, quand on a dépassé les Gobelins, une éminence de laquelle on plane sur Paris. C'est — du moins c'était autrefois — la *Butte-aux-Cailles*. C'est là que le 3 juillet 1815, — le matin même de la dernière capitulation de Paris, — étaient placés deux obusiers et seize pièces de canon. C'est de là que l'on pouvait entendre tout à la fois le bruit de l'artillerie des alliés s'emparant des hauteurs de Vanves et de Montrouge, — et celui des violons venant des guinguettes du boulevard de l'Hôpital, de la *Belle-Moissonneuse*, du *Grand-Vainqueur* et autres *Deux-Edmond* !!! O patriotisme ! sainte vertu des temps antiques ! épouvantail des temps modernes !.....

À partir de cette Butte-aux-Cailles jusqu'à la barrière Saint-Jacques, il y avait, — et il y a encore un peu, — une large vallée au milieu de laquelle coulait la Bièvre, qui sort de Paris par la barrière Croullebarbe, — entre la barrière Fontainebleau et la barrière Saint-Jacques, — à l'endroit où se trouvaient au treizième siècle le moulin et les vignes de Croullebarbe.

O faubourg Marceau, — noble et vaillant faubourg ! Tu n'as pas toujours été habité par des chiffonniers et des blanchisseuses, par des tanneurs et des cotonnières ! Tu as vu sortir de ton sol fertile et chaud des vignes plantureuses aimées de Jules César et ne connaissant pas l'*oïdium*... Tu as donné tes sueurs à l'agriculture avant de les donner à l'industrie ! Autres temps ; autres vignes ! C'est de la bière qu'on fait maintenant sur les bords de la Bièvre... et de la bière de Strasbourg, encore !...

Dans cet espace compris entre la Butte-aux-Cailles et le rond-point de la barrière Saint-Jacques, il y avait donc — à l'époque dont je veux parler, — une petite vallée au milieu de laquelle coulait la Bièvre, entre une bordure de saules. C'était le Champ-de-l'Alouette. On l'appelait aussi le Clos-Payen, si ma mémoire me sert bien.

Il y avait une grande nappe verte où venaient pacager les ruminants du voisinage, et d'immenses étendages où séchaient au soleil des cargaisons de linge.

Çà et là, — sur les collines qui remontent vers le quartier Saint-Jacques, — se groupaient des maisonnettes blanches aux contrevents verts qui avaient l'air de prendre à chaque instant leur élan pour venir combler la vallée. Il y avait des jardins derrière et devant ces maisons, de façon à les faire ressembler à des bastides des environs de Marseille, ou à des cottages des environs de Londres.

Il y a dix ans, parmi ces maisonnnettes, on en remarquait une plus avenante, plus coquette, plus pittoresque encore que les autres.

Elle avait appartenu à un industriel très-connu qui avait épousé en 1840 une jeune femme heureusement moins connue que lui, et comme il s'était empressé de mourir—voyant qu'il ne faisait plus bon vivre pour lui ici-bas,—sa propriété du champ de l'Alouette avait passé entre les mains de sa veuve. Le reste de sa fortune avait été abandonné à des parents.

Mme R... n'était pas d'humeur à imiter Calypso après le départ d'Ulysse. Quelques temps après le départ de son mari, elle r'ouvrit les fenêtres de sa maison, se débarrassa de son attirail de veuve et songea à se remarier.

Cela lui était autant permis qu'à une autre, mieux qu'à une autre, puisqu'elle n'avait que vingt-huit ans, qu'elle avait la peau très-blanche, les joues très-fraîches, les cheveux très-blonds.

Ma mère résolut de me marier avec elle.

Que lui avais-je fait pour qu'elle conçût ce projet? Je n'en sais rien.

En tout cas, elle le conçut et elle résolut de le voir réussir.

Aussi, un matin d'avril, nous frappions à la porte de la blonde Mme R.

VIII.

A cette époque j'avais toutes sortes de raisons — des meilleures — pour fuir le mariage.

J'étais un grand jeune homme maigre — comme je ne le serai plus jamais, — j'avais beaucoup de romans en tête et en vue, des romans d'aventures, des histoires de cape et d'épée, dans le goût des choses de la Calprenède, et, platoniquement amoueeux de la muse, je n'aurais point voulu faire divorce avec elle, — au prix de n'importe quoi. Je ressemblais alors beaucoup au chevalier Guillan le Pensif, —et cela me paraît étrange aujourd'hui que je me regarde et que je me trouve des faux airs de Falstaff.

Je haïssais alors profondément le mariage. Non que j'appréhendasse les conséquences ordinaires de cet acte civil et religieux. Mais, malgré moi, je me rappelais l'interrogation de Panurge :

« *Qui me fera coquu?*

et la réponse éloquente et satanique de Trouillogan, philosophe pyrrhonien :

« *Quelcqu'un...* »

Et je préférais, à tout prendre, le rôle du « quelcqu'un » au rôle de l'autre.

Je suis toujours dans ces sentiments-là. Quand on me demande par hasard si je n'ai jamais eu l'intention de me marier, je réponds comme Chapelle à la duchesse de Bouillon : — *Quelquefois, le matin...*

Seulement alors ils étaient plus chevaleresques. J'avais l'âge où l'on gonfle ses voiles avec le vent de son orgueil et où l'on abandonne ensuite son esquif aux caprices de la mer, sans pilote, sans gouvernail, sans rien.

J'avais l'âge qu'on n'a qu'une fois. L'âge où l'on est brave, téméraire, imprudent, fou; — où le danger a ses ivresses, — où le péril grise comme un verre de vin vieux ou comme un sourire de jeune vierge; — où, mourir en face du soleil, à coups d'épée, sur un champ de bataille, avec l'odeur de la poudre, semble meilleur que mourir dans son lit, à coups de tisane, en face d'une garde-malades, avec une atmosphère d'hôpital...

Aujourd'hui je partage encore mon opinion à l'endroit de toutes ces choses. Je n'ai plus les mêmes raisons de le faire, je le sais bien, mais qu'importe? Cela prouve tout simplement que si les années m'ont enlevé les raisons que j'avais alors, elles ne m'ont pas apporté la raison que je n'aurai jamais.

J'y compte bien. Le meilleur moyen de ne pas vieillir est de rester jeune le plus longtemps possible — si c'est possible.

A l'époque dont je parle j'étais tourmenté de passions voyageuses. Je brûlais de marcher sur les traces des Chardin, des Tavernier, des Chandler, des Mungo Park, des Humboldt, des Levaillant, et je m'écriais, vingt fois la journée, comme Alexandre :

— Donnez-moi d'autres univers, celui-ci est trop étroit pour moi !...

Aujourd'hui je dis, comme Horace :

— Ce petit coin de terre vaut pour moi tous les mondes !...

Mais alors j'avais vingt ans et j'étais tourmenté par les aspirations et les ardeurs de la vingtième année...

Alors je ne voyais que deux routes d'ouvertes devant mes yeux, mes pas et mes désirs.

L'une, étroite, rocailleuse, malaisée, avec un soleil ardent, sans ombrages, — une steppe aride, une sierra maudite, un terrain effrité, pelé, brûlé, sordide, — une voie antique bordée de tombeaux et de débris, — les tombeaux des voyageurs morts avant d'arriver, les débris des obstacles qu'ils ont brisés pour arriver...

C'est la route du labeur obstiné, de l'intelligence vaillante, du courage surhumain !... C'est le chemin que prennent les grands esprits et les grands cœurs. Quand on y tombe, épuisé et découragé, c'est sur un roc aigu, — sur la calomnie ou sur l'indifférence ; on s'en relève brisé, désenchanté, en lambeaux, pour aller expirer plus loin de fatigue, de douleur, de soif, de faim, et plus cruellement, car, de cette pierre où l'on tombe sans pouvoir s'en relever, on entrevoit le but à atteindre

avant de fermer pour jamais des yeux désespé-
rés...

Ne tombez jamais, vous qui vous êtes engagés
dans cette âpre voie; ne tombez jamais! Il y a là,
— derrière ces tombeaux, ces ruines, ces broussailles, — des hyènes hideuses qui n'attendent que
votre chute pour se ruer sur vous!...

Cette noble route, — ce calvaire! — c'est la
route de la gloire et du succès!...

Il y en a une autre.

Celle-là on ne l'indique à personne, car tout le
monde la prend. C'est la grande route! Elle a de
a poussière qui aveugle, mais elle a aussi des ca-
barets à enseigne de gui où l'on se désaltère. Il y
a des bornes de distance en distance pour faire
plaisir aux gens qui tiennent à savoir combien de
lieues ils ont faites, — pour se reposer, — et
quelle heure il est, — pour manger.

C'est une route royale! c'est le pavé du roi, des
bourgeois et des manants; il y a peu ou point d'or-
nières, et quand par hasard il y a un petit trou où
l'on courrait risque de tomber et de s'y enfoncer
une côte, il y a, — à côté — un garde-fou, ou un
garde champêtre qui vous arrête au nom de la loi,
et vous empêche, — au nom de cette paternelle
loi — de vous faire aucun mal.

Cette route battue, cette route facile, — où le

bien vous, vient presque en dormant, — où le bonheur vous arrive sans secousse, — cette grande
route battue par la foule me semblait insupporta-
ble, odieuse, fâcheuse...

Elle a des séductions, pourtant, auxquelles beaucoup, — qu'on croyait robustes et vaillants, —
se sont laissé entraîner. Je sais que des cerveaux
intelligents se sont habitués sans trop d'efforts à
cette existence charmante où le bonheur pousse
sous vos pas avec les fraises et les asperges. Je
sais que, parmi les meilleurs esprits, un certain
nombre qui, — dans leur jeunesse, — avaient
crié avec férocité contre le bourgeois, se sont un jour
laissé marier à de jolis yeux en or et à une superbe
gorge matelassée de billets de banque; — qu'ils
ont pris un établissement, puis du ventre, ainsi
que leurs femmes ! Je sais que là où, il y a cinq
ou six ans, on avait laissé un esprit fort, un poëte
fier et pauvre, on retrouve un bon gros homme
tout fleuri, tout rond, tout idiot, qui songe aux
dents de lait de son dernier et aux frais de trous-
seau de son premier, et qui, — s'il vous rencontre,
— vous reconnaît très-difficilement et murmure,
en vous quittant, avec un mépris de bonne foi :
« Peuh ! ces artistes, ces écrivains... ça ne sait pas
se ranger !... »

Ah ! mes amis ! mes amis inconnus ! défiez-vou

de cette fâcheuse idée qui mène droit à l'abâtar-
dissement du cœur, à la mort prématurée de l'intelligence!... Servez-vous de votre divin flambeau
pour éclairer — ou pour incendier, même! —
Servez-vous-en! mais ne l'éteignez pas ainsi, vo-
lontairement, — vous ne sauriez plus le rallu-
mer!...

Voilà ce que je disais il y a dix ans.

Entre le tableau de Salvator Rosa, si sombre, si
morne, si désolé, où il y a des cris de blasphèmes
et des appels furieux à une divinité qui s'est voilé
la face et bouché les oreilles, — où l'on respire la
vapeur âcre et brûlante du sang humain qui vient
de couler là comme du vin dans un banquet; —
entre ce tableau si plein d'une sublime horreur, et
le tableau de Miéris, si doux, si frais, si limpide, où
l'on boit la vie comme une liqueur bénie, je n'hé-
sitais pas; — je préférais le Salvator Rosa. Je
voulais prendre la route glorieuse, — le Calvaire...

C'est dans ces dispositions que j'entrai un matin
d'avril dans la maison de la veuve dont j'ai parlé.

Une belle matinée d'avril, — une splendide avrilée! La nature était toute réjouie, et elle secouait
sa neige odorante sur les arbres et sur les fleurs.
Les marges des sentiers commençaient à rougir
et à envoyer des parfums de fraise au nez des promeneurs. Les oiseaux chantaient leurs petites

chansons charmantes, — sans faire de couacs, — perchés sur leurs buissons, dans les haies, sur les arbres.

Une splendide avrilée, en vérité !...

La veuve était dans son jardin.

La présentation se fit. Ma mère, qui la connaissait, causa avec elle de tout ce qu'elle voulut, — je n'entendis pas un mot de leur conversation, occupé que j'étais du jardin.

Astreint à la politesse ordinaire en pareil cas, j'avais le corps incliné en avant, de manière à décrire un angle de quatre-vingt cinq degrés et demi sur le plan de l'horizon, — un angle d'incidence. Je devais être très-ridicule, — comme on l'est toujours dans ces moments-là — quand on est mal élevé.

Heureusement que Mme veuve R*** était la sœur — ou plutôt la petite nièce de Mme de Warens. Elle avait le même âge, le même visage et la même bonté que la *maman* de Jean-Jacques Rousseau, à son arrivée chez elle, à Annecy.

Je regardais de son côté, inclinant poliment ma tête en signe d'assentiment à son discours, mais en réalité tout entier à l'admiration que me causaient le jardin et la petite maisonnette. Un vrai nid de passereaux, d'amoureux et de poëtes, — une maisonnette faite comme à souhait pour le plaisir des yeux, pour la joie de l'oreille et le ravissement du cœur.

Le lierre de l'année précédente, — qui avait résisté aux neiges et aux pluies de la mauvaise saison, — grimpait joyeusement le long de la façade en briques, se tordait, s'allongeait en mille caprices, mordant ici la pierre d'appui d'une croisée, et allant s'accrocher là au zinc de la gouttière. De temps en temps, des moineaux francs sortaient de cette épaisse couverture de lierre et voletaient à l'entour, en pépiant d'une façon tendre, — pleine d'intérêt pour moi.

Les contrevents verts étaient à moitié fermés à cause du soleil, et laissaient mon regard curieux fouiller les rideaux blancs, à moitié tirés, sous lesquels je devinais un intérieur propre, calme et chaste — qui me faisait battre le cœur.

Il y a trois vertus à exiger d'une femme : la jeunesse, la bonté et la propreté. L'hygiène du corps est un peu l'hygiène du cœur. Les corps malades et malsains font les esprits inquiets et les cœurs atrophiés.

Des fraîches et riantes couleurs de la façade de la maisonnette, mes regards se portèrent sur l'ensemble du jardin.

Il n'était pas très-grand, mais il n'était pas très-petit.

L'été, lorsque tout était en fleurs, lorsque la vigne courait le long des murs, — mélée aux giroflées jaunes, — lorsque les chèvrefeuilles emplissaient, avec les cobéas, les interstices du treillage des tonnelles et des berceaux, — lorsque tous les arbres étaient chargés de fruits, toutes les plantes de fleurs, — ce devait être une admirable chose que ce concert d'odeurs et de couleurs, marié au concert de voix et de bruits de toutes sortes que l'on entend toujours l'été,— et le jardin devait paraître très-vaste.

Mais à ce moment de l'année où je le voyais pour la première fois, il paraissait beaucoup moins grand. On s'apercevait, çà et là, — à travers les déchirures et les éclaircies, — que l'hiver avait soufflé ses tempêtes sur ce petit coin de terre; et, à le considérer de près, on remarquait aisément que les accrocs et les avaries qu'il avait subis n'étaient pas encore réparés. Cependant, — çà et là aussi, — le travail réparateur du printemps apparaissait. A côté des endroits pelés par le froid, brûlés par les gelées, — excoriés et effondrés par les pluies, — se montraient des aigrettes de fleurs et des panaches de gazon. L'herbe était rare, — mais elle était semée de muguets et émaillée de jacinthes. Les taillis étaient éclaircis, — mais on n'en

voyait que mieux les massifs de lilas cachés derrière eux.

Et puis — et puis ! — ces pommiers, ces abrico-
tiers, ces amandiers en fleurs ! Ces fleurs roses, ces
fleurs blanches, ces fleurs parfumées !

« Neige odorante du printemps !... »

Touchante poésie ! Doux enivrements de l'esprit
et de l'âme ! Tableaux faits pour rasséréner ! spec-
tacles faits pour verser la paix dans les cœurs troublés, pour verser la bonté dans les cerveaux ai-
gris !

Le printemps est une promesse, — la promesse
de l'été, — comme la jeune fille est la promesse de
la femme ! Ces beaux arbres verts donnent leurs
fleurs roses, comme la jeune fille donne ses pu-
deurs charmantes ; plus tard ils donneront leurs
fruits savoureux, comme elle ses maternelles
amours...

Si le printemps s'éternisait, — on croirait aisément à Dieu, à l'amour, au bonheur et à la vie !

Malheureusement il paraît que cela n'est pas
possible. On a essayé de me prouver qu'un printemps éternel, qu'une éternelle jeunesse et qu'un
éternel bonheur deviendraient vite monotones et
fatigants. Je l'ai cru — ne pouvant faire autre-
ment. Ce qui fait que je ne crois plus aujourd'hui

ni à l'éternité des fleurs, ni à l'éternité du cœur,
ni à l'éternité du bonheur, — ni, enfin, et surtout,
à l'éternité de l'éternité!...

En me promenant j'aperçus, — dans quelques
niches pratiquées dans les murs, entre deux touffes
de lierre, ou de chèvrefeuilles, ou de clématite, —
des groupes de terre cuite, des figurines d'argile.
— C'étaient des dieux lares, sans doute, dont la
présence, dans ce jardin, révélait le séjour d'un
amateur des beaux-arts, — avec des traditions de
l'Empire. Il y avait, entre autres petits dieux, —
Dii minorum gentium — un Priape écorné, tout
grelottant et tout honteux dans son coin obscur, qui avait l'air d'implorer une feuille de
figuier, — pour dissimuler les cicatrices injurieu-
ses du temps. Il semblait tout dépaysé dans ce
chaste jardin de veuve, dans cette calme retraite
de femme, fermée aux mauvaises passions et
sourde aux bruits grossiers. J'arrachai une bande-
lette de lierre et je la lui offris. Je crus apercevoir
dans ses yeux morts, comme un sourire à deux
tranchants. Remerciait-il ou se moquait-il?...
Vieux dieu d'argile, va!...

J'avais oublié ma mère et son amie. J'étais perdu
dans la douce atmosphère de souvenirs qui m'en-
tourait. Je me croyais bien loin, et je peuplais ce
jardin de figures bien chères...

Tout à coup j'entendis les sons d'un piano, — d'abord vagues comme des préludes, doux comme les lueurs de l'aube, tendres comme des soupirs de brises lointaines. Puis ces sons s'élevèrent, il y eut des cris, des larmes, des sanglots, des douleurs, — l'instrument semblait avoir une voix humaine et raconter une de ces histoires banales où il n'y a ni poignard, ni sang, ni poison, — mais où l'on souf·fre atrocement.

Je n'ai pas, — pour le piano, — la répulsion que beaucoup de gens manifestent à son endroit. Je l'aime, non pas en artiste, — je ne suis pas digne de ce nom, — je l'aime comme l'aime le premier venu qui a des oreilles et qui est disposé à se laisser aller à toutes les impressions mélancoliques. Je l'aime comme j'aime l'orgue de Barbarie. C'est ainsi !...

Si mes moyens me le permettent, quand je me sentirai mourir, dans mon lit, — si je n'ai pas le suprême bonheur de mourir debout, en face du soleil, — je veux payer des musiciens pour qu'ils me chantent et jouent les airs que j'ai le mieux aimés dans ma vie, afin de passer de la lumière éclatante à la nuit funèbre sans brusquerie, sans secousse, sans révolte. Je veux commencer dans la vie le rêve de la mort sans être importuné par des obsessions mesquines, — ni interrompu par des accents vulgaires...

Mais mes moyens ne me permettront jamais cette suprême fantaisie... Il faut m'y résigner. — C'est fait!...

Ainsi, cette veuve ne se contentait pas d'être encore jeune, d'être encore belle, d'être encore fraîche, d'être bienveillante, affectueuse et hospitalière. Elle était intelligente et artiste, — par dessus le marché.

C'était trop de bonheur pour un homme seul... Et, en descendant en moi-même, je reconnus que j'en étais indigne.

D'ailleurs des voix inconnues m'appelaient dans d'autres chemins, — des bras invisibles m'attiraient vers d'autres horizons. Ce jardin en fleurs, si gai, si riant, si prometteur, me séduisait bien et me retenait bien; mais le mariage m'éloignait. J'avais envie de serrer la main de cette veuve affable, avenante et gracieuse, et de lui dire :

— Madame, permettez-moi de vous demander la main de votre jardin — que je désire épouser.

Et en effet, ce jardin-là, — sans la femme, — aurait fait la joie de toute ma vie. Je serais resté pour l'aimer et le cultiver, l'orner et l'arroser, — et j'aurais vieilli ainsi sans m'en apercevoir...

Mme R... et ma mère descendirent.

Je compris, — à certain regard que cette dernière me lança, — qu'il y avait eu une conversation fort longue dont j'avais été un peu l'objet, et qu'il fallait me déclarer.

Je m'avançai, je saluai humblement et courtoisement. Puis, — avec un sourire :

— Madame, — demandai-je, — avez-vous lu *Tristram Shandy* de Sterne?

— Mais... non...– me répondit-on avec le même sourire.

— C'est fâcheux, madame... Car, outre que c'est un livre amusant, vous y auriez lu, au chapitre III du second volume, une phrase qui exprime parfaitement ma pensée et rend à merveille mon sentiment à l'endroit du mariage...

— Et... cette phrase? — demanda Mme R... avec un sourire moins franc, mais toujours poli.

— Cette phrase, madame? — répliquai-je toujours en souriant, comme pour dissimuler mon impolitesse, — cette phrase? c'est celle que prononce le père de Tristram Shandy après sa conversation avec l'oncle Tobie et le docteur Slop, à propos de l'entêtement de sa femme... « La femme a, —dit-on,—été faite pour le bonheur de l'homme... Je veux bien le croire; mais ce n'est pas pour le mien !... »

Et, là-dessus, je m'inclinai profondément — et... je sortis.

Le soir même de ce jour, je prenais le bâton du

touriste, j'endossais le havresac du voyageur, —
j'empruntais à la bourse de ma mère les écus les
plus disposés à courir le monde, — comme moi,
—et, chargé de sa bénédiction comme d'une égide,
je partais...

IX

« N'allez pas aux rives lointaines ! »—s'écrie quelque part , avec mélancolie , je ne sais plus quel
poëte qui était sans doute revenu de bien loin, les
souliers gris de poussière , les cheveux blancs de
lésenchantements,—le cœur plein de regrets, les
yeux pleins de larmes.

Pourquoi se lancer ainsi, — à perte de vue, d'ha-
leine, de santé et d'argent, — dans des courses au

clocher frénétiques, sans souci des fondrières, des casse-cou, des abîmes, — à la poursuite des grands X et des séduisantes chimères qui font tinter à vos oreilles leurs clochettes d'argent, et scintiller à vos yeux leurs paillettes d'or ?

Ah ! pourquoi ? pourquoi !

Pourquoi y a-t-il des X et des chimères au monde ? Pourquoi le pays du réel vous force-t-il à vous réfugier — tout éploré — dans la patrie de l'idéal ? Pourquoi toutes les séductions et toutes les promesses de l'inconnu et de l'infini viennent-elles battre la charge devant vos vingt ans ? La vie est semée de points d'interrogations et d'exclamations. Elle pose sans cesse des énigmes aux voyageurs , — comme le sphinx du chemin de Thèbes, — et, comme lui , elle dévore tous ceux qui ne les devinent pas.

Ces poursuites haletantes , ces chevauchades insensées à travers tout, durent quelques années, — tant que l'on est ardent, enthousiaste et fou ;— quelques années au bout desquelles vous vous trouvez moins avancé qu'au départ, sans avoir pu, seulement, arracher quelques plumes à l'aile de ces péris, de ces oiseaux charmeurs, — femme, gloire ou fortune, — qui ont voltigé devant vous , décevantes visions, pendant si longtemps !...

Vous avez été loin, bien loin, dans ces poursuites acharnées. Vous vous êtes d'abord écarté du nid paternel, sur le seuil duquel, — à votre départ, — il y avait une mère qui retenait ses larmes et ses sanglots pour vous faire croire à sa tranquillité et à son indifférence,— et pour ne pas vous retenir ! Puis, une fois hors de la portée des regards amis, — une fois hors de l'atmosphère de tendresse dans laquelle vous aviez jusque-là vécu, — vous avez couru, couru, couru sans vous arrêter, sans vous retourner ! Vous ne savez pas, vous ne pouvez pas vous rappeler le nombre des chemins que votre pied vagabond a traversés sans y laisser de traces, même fugitives, — le nombre des sentiers aux halliers desquels vous avez , — en passant étourdiment, — laissé de votre duvet, passereaux imprudents qui vouliez voler aussi haut que l'aigle, — et aussi loin que l'hirondelle !...

Puis un jour, — blessé, traînant l'aile, vous revenez !

Ah ! pourquoi revenir ! pourquoi ne pas rester, — foudroyé, — dans quelque abîme , au fond de quelque ravin, quand vous aviez encore devant les yeux le soleil d'une apparition éblouissante, — dans la tête et dans le cœur l'ivresse vertigineuse d'une passion insensée ? C'est si beau , si plein de voluptés et d'enivrements , de mourir à vingt ans,

— dans toute sa fougue, dans toute sa jeunesse, dans toute sa beauté, dans toute sa fleur ! Les vivants, — s'il y en a encore qui se souviennent de vous, — les vivants parlent quelquefois de vous avec honneur, avec sympathie, avec attendrissement. « C'était, — disent-ils parfois dans leurs causeries, — un jeune fou... tête folle, cœur fou... mais hardi, mais vaillant, mais beau... Pauvre enfant ! il s'est brûlé la cervelle pour la Juanita, — ou la Rosita, — ou la n'importe qui, — déesse de théâtre, de bal ou de comptoir !... » — Ou bien : « Brave enfant ! il est tombé comme un héros des vieux temps, la poitrine trouée de balles, perdant sa vie avec son sang, mais toujours souriant et moqueur devant la camarde qui le saisissait déjà, de ses doigts maigres, jaunes et hideux, par ses beaux cheveux noirs, — ou blonds, — ou fauves... » Cette oraison funèbre vaut bien, — en tout cas, — celle qu'on prononce sur votre cercueil de chêne, plus tard, — lorsque vous avez consenti à vous laisser de nouveau « étendre sur l'horrible roue de la vie, » jusqu'à soixante ans : *Il fut bon père, bon époux, — bon*, etc., etc.

Mais enfin vous revenez de ces longs et infructueux voyages, — de ces lointaines et périlleuses pérégrinations, — et, lorsque vous embrassez votre mère, vous remarquez, — avec un serrement de cœur terrible, —que ses cheveux ont blanchi, que ses yeux sans paupières sont bien rouges, que ses joues sont bien pâles et bien creuses, et que si son cœur s'est agrandi, — le cœur d'une mère ne peut jamais s'amoindrir et se rapetisser, — son cerveau s'est éteint ! Toute la flamme de la tête s'est retirée dans la poitrine, qu'elle consume... Et votre mère, — à son tour, — qui vous avait vu partir blond, souriant, rose, joyeux, droit, fier, étincelant, — et qui avait été presque consolée de votre départ en songeant que vous emportiez avec vous un trésor : la santé et la jeunesse ! — votre mère, à son tour, voit — avec une douleur qu'elle ne vous montre pas et que vous ne connaîtrez jamais, — quels ravages terribles cette absence a faits sur vous et en vous... Elle remarque, — malgré ses pauvres chers yeux rouges que le travail et les larmes ont obscurcis , — elle remarque chacun des plis que votre visage a de plus qu'au départ , chacune des dents , chacune des mèches de cheveux que vous avez de moins ! Elle devine, à la vieillesse anticipée de votre extérieur, la vieillesse hâtive de l'intérieur, — où elle n'entrera jamais, de peur de ne retrouver que des ruines, là où elle avait édifié des espérances et des illusions qu'elle croyait devoir être éternelles !...

Quelle chute pour cette bien chère brave femme ! Elle vous avait patiemment attendu pendant tout le temps qu'il vous avait plu de prolonger votre absence ; elle n'avait jamais murmuré, elle n'avait jamais blasphémé , elle ne vous avait jamais maudit ni renié, — parce qu'après tout vous étiez son enfant, le fruit de ses entrailles, la chair de sa chair, l'âme de son âme , et qu'elle vous avait mis au monde au milieu des souffrances...

Mais , durant cette longue nuit , — qui s'était faite pour elle , du jour où vous aviez disparu, — elle avait nourri un espoir, et cet espoir l'avait soutenue jusqu'à l'heure de votre retour ; elle avait espéré que vous lui reviendriez plein de force, de santé, d'énergie et de tendresse, et qu'elle pourrait marcher jusqu'à sa tombe sans trébucher, — appuyée qu'elle serait, pauvre vieille femme débile, sur vos robustes épaules de jeune homme !... Ah ! Et il se trouve que la pauvre vieille femme est plus forte et plus vaillante que le jeune homme, et que c'est à elle de le soutenir et de le consoler désormais, — tant les luttes insensées qu'il a soutenues, tant les désenchantements de toutes sortes qu'il a éprouvés, l'ont brisé, flétri, éteint, ce fier, ce joyeux, ce fort et blond jeune homme d'il y a quelques années !... Ah ! pauvre mère ! ah ! pauvre fils ! pourquoi n'êtes-vous pas morts tous deux, —

toi, la femme, avant le départ, — toi, l'enfant,
avant le retour !...

« N'allez pas aux rives lointaines! »

Quand je suis revenu de mes courses inécon-
des, de mes entreprises vagabondes, j'ai trouvé le
foyer dégarni, mais non désert ; les visages pâlis,
mais non dévastés ; l'accueil mélancolique, mais
non désolé ; les yeux humides, mais non éteints. Je
me suis assis, j'ai secoué la poussière de mes
vêtements et les soucis de mon esprit. Des voix
connues et des lèvres aimées m'ont appelé et em-
brassé. J'ai senti quelque chose se passer en moi,
se remuer dans mes entrailles, s'agiter dans mon
cœur. — André, — m'a-t-on demandé alors, —
André..... tu nous reviens pour longtemps?... —
Pour toujours! — ai-je répondu.

Pour toujours! quel mot orgueilleux !

X.

Une fois rentré en possession du calme et du repos — si ardemment convoités pendant les heures sombres du voyage, — je me suis arrangé avec mes souvenirs et avec mes espérances, mon passé et mon avenir se sont rencontrés dans une pensée unique. J'ai refait un bail de trois, six, neuf, avec la vie, et j'ai prié le bonheur de venir frapper quelquefois à ma porte toujours ouverte.

De temps en temps, — quand je suis un peu fatigué par les récits de voyages qu'on m'a demandés, par les histoires plus ou moins intéressantes qu'on m'a fait raconter, — je me surprends à songer au jour où j'ai entrepris ces voyages, — à cette belle matinée d'avril où la nature était en fête, — à cette petite maisonnette du Champ de l'Alouette, — à ce petit jardin du Clos-Payen, si plein de soleil, de

verdure, de parfums et de gaieté, — à cette gracieuse hospitalité d'une heure que j'y ai reçue, —
aux songes que j'y ai faits tout éveillé, — aux sons
mélancoliques du piano que j'y ai entendus, — à
ce vieux dieu frileux et moqueur que j'y ai vu,
grelotant dans sa petite niche, sous sa petite robe
de lierre...

Alors, en me rappelant, je me surprends à com-
parer, et je me dis, — non sans quelque amertume, — que j'ai été bien loin chercher ce qui
était bien près; — que le bonheur n'est point le
fantôme diapré après lequel j'ai couru; — que la
vie n'est point celle que j'ai menée; — qu'il y a
des bonheurs aisés et une vie calme, honnête et
douce à la portée des désirs modestes; — qu'on a
tort de dédaigner les chances d'*aurea mediocritas*
qui vous sont offertes, pour aller au bout du monde, à travers tous les écueils et toutes les misères,
à la recherche d'une proie ambitieuse qui vous
échappe; — qu'on n'a pas le droit d'être ironique
à l'endroit de la bêtise, parce que la bêtise est plus
sensée et plus spirituelle que le génie, — en ce
qu'elle rencontre, sans effort, les joies inapprécia-
bles que le génie mourra sans connaître; — que les
simples de cœur et d'esprit sont les véritables élus
de ce monde, les privilégiés, et qu'on doit les imiter au lieu de les railler; — qu'ils ont de beaux

enfants dont ils sont sérieusement les pères, —des
bambins charmants « qui leur grimpent aux jambes
et leur tirent la barbe, » avec leurs jolis petits
doigts roses toujours sales, et leur caressent le visage avec leur petit mufle toujours barbouillé; —
et, qu'enfin ils ont, — pour eux tout seuls, — de
chastes femmes qui sont de bonnes mères et qui
ne lisent d'autres romans que ceux qu'elles font, le
soir, en reprisant des bas, au bruit de la bouilloire
qui chante, de leurs mioches qui rient, de leurs
maris qui fument en lisant, du ron-ron du chat familier qui guette une ombre sur le parquet...

Je devine bien — alors, — que ma jeunesse extra-
vasée aurait pu, à défaut de ce bonheur défendu,
en rencontrer un autre plus permis, et — entre
les deux sentiers indiqués — en choisir un autre
moins glorieux que l'un, moins ensoleillé que l'autre, mais moins épineux, moins sanglant, moins
funeste...

Ce sentier côtoie les deux routes. C'est un sentier perdu, une traîne, une sente, un filet de route, un peu sinueux, — pas trop, — un peu bossué,
— pas trop non plus, — avec une bordure suffi-
samment touffue pour permettre de voir sans être
vu. De cette façon on n'est point importuné par les
clameurs insolentes, folles, niaises et cruelles de la
foule, et l'on peut suivre du regard et du cœur la

marche des rares passants qui se sont aventurés intrépidement dans la voie aride et douloureuse. Bien que trop éloigné d'eux pour en être entendu, on leur crie : « Courage ! » quand on les voit haleter sous leur croix, — et l'on bat des mains à leur triomphe quand on les aperçoit monter les degrés glissants du Capitole !...

Voilà le vrai, le seul, le meilleur sentier à suivre. Je m'y suis engagé résolûment, je désire maintenant ne plus m'en écarter. Ne pouvant être un fou sublime, — mes moyens ne me le permettant pas, — je me réjouis de n'être pas non plus un cuistre vulgaire, une méchante bête, un affreux homme...

Il y a une histoire plaisante et profonde que j'ai lue quelque part, — dans ma jeunesse. C'est l'histoire du chien qui attrapait toutes les proies après lesquelles il était lancé, — et du renard qu'aucun animal ne pouvait attraper. Le chien fut lâché après le renard. Il aurait dû l'attraper, mais il ne l'attrapa pas, parce que le renard ne pouvait être attrapé. Ces chiens d'hommes sont lâchés après ce renard inattrapable qu'on appelle le bonheur, — ils courent après l'impossible.

Je veux tâcher de n'être pas de ces hommes-là. « Les long voyages me font peur ; » les longues courses, du genre de celles que j'ai faites, sont pleines de dangers. On s'échauffe, on s'éreinte, on se met en nage, et l'on ne peut pas se rafraîchir, — ce qui est triste!...

J'ai appris à être modeste. Je crois savoir quel est désormais mon itinéraire. Si, arrivé au bout de ce petit sentier paisible, je ne peux pas dire, — comme l'ombre de Virgile à Dante : — Je fus poëte et je chantai! » — *Poeta fui e cantai,* — je pourrai du moins murmurer, peut-être avec un accent de regret : « Je fus humble et je me tus!... »

XI

Vous est-il quelquefois arrivé, — lorsque l'inexorable loi du devoir vous avait poussé loin des lieux aimés et familiers où vous aviez jusque-là vécu, et que vous marchiez résolûment dans votre nouveau chemin, sans regarder derrière vous, frappant de votre bâton les pavés et les buissons, regardant s'allonger devant vous le grand désert de la vie ; — vous est-il arrivé, à un coude que fai- sait brusquement le chemin, à l'angle d'un mur, de vous retrouver pour ainsi dire face à face avec l'ho- rizon que vous aviez laissé derrière vous, croyant ne plus pouvoir jamais, jamais, jamais le contem- pler et l'admirer ?

C'est un horizon radieux comme une promesse ! C'est l'horizon béni qui clôt votre jeunesse et con- tient tous vos souvenirs... Vous ne pouvez, — sans que les larmes de l'attendrissement vous mon- tent du cœur aux yeux, — vous ne pouvez re- garder ce spectacle inattendu, entrevoir aussi inopinément ce paradis perdu dont la Fata- lité, — déesse implacable — vous avait chassé ! Tout est là ! Tous les bruits et tous les parfums ! toutes les joies et toutes les douleurs, aussi ! C'est le cimetière fleuri de votre jeunesse, plein des tombes charmantes de vos souvenirs !...

Alors, éperdu, rendu fou par ce mirage enivrant, vous rebroussez chemin. Vous voulez retourner sur vos pas pour faire encore une fois la route par- courue, — désireux de revoir les aubépines en fleurs, les haies de sureau, où bourdonnent et pi- corent les abeilles, — les fermes au chaume bruni où jasent des hôtes aimés, — les clochers moussus

où volètent les corneilles, — les cerisiers où se ba-
lance le bonhomme de paille parmi les fruits rouges, — les vergers appétissants, — les fenêtres
perdues dans un feuillage frémissant et ornées de
visages connus et souriants !... Vous voulez, — ne
fût-ce qu'un instant, — courir follement, vous
ébattre avec ivresse dans ces sentiers perdus de la
jeunesse, — sentiers verts et parfumés, ruisselants
de soleil et baignés d'ombre, tout retentissants de
bruits charmeurs, éclats de rire et baisers sonores,
soupirs d'amants et roucoulements de ramiers,
murmures des ruisseaux familiers, susurrement
des brises matinales, — sentiers des joies faciles et
des folies charmantes... Vous voulez — vous rappelant le temps où vous alliez à deux cueillir les
morilles savoureuses, les violettes odorantes, les
baies aigres du groseiller, égrener les mûriers,
abattre les noix du chemin, et écheniller les ronces
couvertes de ces petites mordelles qui les rongent;
— vous voulez retourner sur vos pas pour baiser
sur le sable ou sur le gazon l'empreinte qu'y ont
laissée des pieds trop adorés... mais vous ne le pouvez plus !... Une impitoyable forêt de broussailles
vous présente ses épines, ses amertumes, ses angoisses, et vous force à reprendre la route austère,
— sous peine d'être déchiré, meurtri, blessé à
mort !...

J'en étais là tout à l'heure.

Tout à l'heure, — assis à ma fenêtre ouverte, — je restais tout songeur, fumant lentement ma pipe dont la fumée bleue mettait en mouvement le tourne-broche de mes idées, et regardant, — sans trop les voir, — les évolutions pittoresques de tout un clan de volatiles caquetant et gloussant dans la cour.

Je songeottais et je rêvassais paresseusement. *Dea mihi hæc otia fecit !...*

Où allaient mes regards, où vaguaient mes pensées ? Je ne sais trop. Je montais en croupe derrière un nuage blanc, et je chevauchais dans le vide pendant quelques minutes, — puis, reprenant terre, j'essayais de m'insinuer sous les plumes de ce coq fanfaron qui se campait sur ses ergots et lançait d'une voix claire son *corrico-co* provocateur. Je voulais savoir ce qui se passait dans l'âme de ce sultan de basse-cour...

Je songeais encore à bien des choses. Les nuages ne sont pas plus changeants et plus prompts que les fantaisies de la cervelle. Dans un seul instant on va d'un pôle à l'autre, — d'un grain de mil perdu sur un pavé à une chambre perdue dans le dédale des rues de Paris. Le cerveau humain est une maison avec ses corridors, ses chambres, etc. Et, comme toutes les bonnes maisons, il a deux escaliers, — le grand et le petit. Le grand, par lequel descendent les pensées habillées, parées, brillantes, orgueilleuses. Le petit escalier de service, par lequel s'enfuient les pensées honteuses, coupables, misérables, crottées et déguenillées — dont on rougit comme d'un parent pauvre avec lequel on est forcé de vivre. Que de gens dont les pensées prennent toujours le petit escalier de service !...

Les miennes allaient le prendre tout à l'heure, lorsque mon regard tomba dans une chambre du rez-de-chaussée—dont la fenêtre était entreouverte.

Une cage était accrochée à un clou, au dehors, et dans cette cage sifflait un merle — qui se consolait de l'esclavage par la musique. Autour de la croisée grimpait un pied de vigne vierge mêlé à un pied de houblon dont les festons capricieux pendillaient dans le vide de la chambre et se découpaient sur sa pénombre.

Mais si, — à l'extérieur,—sifflait joyeusement ce merle, deux plus beaux oiseaux chantaient leur douce chanson, — à l'intérieur.

Un jeune homme et une jeune fille, — elle cousant, lui mangeant des cerises.

Le jeune homme est un ouvrier que je rencontre quelquefois dans l'escalier. Jusqu'ici je lui avais trouvé l'air épais, la physionomie triviale, les allures canailles. Mais. en ce moment, — quoiqu'il fût vêtu, comme à l'ordinaire, d'un bourgeron, d'un pantalon de velours et d'une casquette, — il avait presque de la grâce, presque de la finesse, presque de la distinction...

Peut-être devait-il cette métamorphose au contact de *sa bonne amie* — comme on dit dans mon faubourg. Elle avait assez de grâce, d'élégance et de distinction, en effet, pour en revendre, — ou pour en donner. C'est une ouvrière que je rencontre aussi de temps en temps, un refrain sur les lèvres, un bouquet à son fichu ; elle n'est pas extrêmement jolie, elle a ce qu'on appelle, je crois, la *beauté du diable*, — c'est-à-dire celle que prêtent la jeunesse et la santé.

Elle était, en ce moment, vêtue d'une de ces robes en jaconas ou en indienne, si transparentes, si légères, qu'on les croirait faites avec des ailes d'abeille, et sur lesquelles sont semées des fleurs qui sentent si bien le printemps.

Elle avait, en outre, un col brodé d'une blancheur éclatante et un bonnet de linge également blanc, également frais. Tout cela simple et d'une coquetterie ravissante.

Elle assise, lui debout, ils causaient et formaient des projets d'union et de bonheur à n'en plus finir. Ils se promettaient un tas de félicités réciproques, — obéissance éternelle de la femme, fidélité et

protection non moins éternelles du mari, — soin
du ménage, éducation des enfants, *et cœtera, et
cœtera!...*

De temps en temps une note triste était jetée au
milieu de ces fioritures délicieuses. La jeune fille,
— prévoyante jeune fille! — songeant aux mioches à venir et au nanan qui leur est nécessaire,
— avec le reste,—faisait allusion à leur pauvreté.
Elle parlait misère, privations, abstinence, — et le
jeune homme répondait travail, courage, vertu...
Bon jeune homme, va!...

De temps en temps elle levait la tête et les yeux
vers son amant, et elle lui souriait avec une petite
moue adorable. Lui, — tout en l'enveloppant d'un
regard amoureux, — s'amusait, en manière de
badinage, à lui jeter des cerises. Il avait réussi à
lui en envoyer sur chaque oreille, en guise de pen-
deloques, lorsqu'à dessein, ou involontairement, il
lui en jeta une dans le cou. Elle poussa un petit cri
et rougit. Etait-ce le contact froid du fruit sur sa
poitrine nue, — était-ce autre chose? Je ne sais.

Ce que je sais c'est que j'aurai longtemps cette
scène devant les yeux, — c'est que, pendant longtemps, je verrai ce groupe amoureux, ces festons
de vigne et de houblon, cette cage accrochée à un
clou sur le mur, — et jusqu'à ce détail d'un mor-

6

ceau de bois éclaffé, fendillé, du cadre de la fenêtre...

Ce que je sais encore, c'est que le jeune homme,
— à ce cri et à cette rougeur, — se pencha vers
son amie, et, comme involontairement elle faisait
le geste de retirer de sa gorge le fruit qui s'y était
glissé, il la prévint et posa sa main où elle voulait
poser la sienne...

Il était plus osé que Jean-Jacques avec Mlles
Gallet.

La jeune fille poussa, — à ce contact, — un autre petit cri, d'une tonalité différente, et rougit
cette fois plus violemment. Puis leurs cheveux se
mêlèrent, leurs haleines se confondirent, leurs lèvres se rencontrèrent, — sans se chercher, — et
voilà que la jeune fille abandonne son aiguille,
laisse glisser de ses genoux le travail commencé,
ferme les yeux, pâlit en murmurant : « André ! »
Il lui répond tendrement : « Marie ! » et voilà qu'il
la prend par la taille, l'enlève entre ses bras robustes, et disparaît dans la pénombre du logement...
Puis j'entends un bruit de baisers, et le chat du
logis, — qui dormait sans doute sur le lit, — saute
effrayé par dessus la petite porte entr'ouverte et
va tomber tout hérissé sur le dos d'une poule qui
se met à glousser d'une façon lamentable...

O gioventù ! gioventù !...

J'ai visité bien des coins du globe. J'ai été là où il fait trop chaud, et là où il fait trop froid, — là où les hommes sont trop blancs, là où ils sont trop noirs, — là où ils sont trop spirituels, là où ils ne le sont pas assez. J'ai vu les bagnes où ils hurlent, — et les salons où ils minaudent et grimacent. J'ai causé avec de grands poëtes et avec de grands scélérats... Eh ! bien, dans la hutte du Samoyède et dans le wigham du Canadien, sous la tente de l'Arabe et dans l'ajoupa du nègre, dans le boudoir de la lorette et dans la mansarde de l'ouvrière, dans le salon de l'artiste et dans la loge du portier, j'ai entendu conjuguer ce verbe divin — *amare,* — *habb,* — *sèvmèk* — *aghapi !...* — Au fond de tous ces vases, — les uns d'argile, les autres d'or, — j'ai toujours trouvé cette perle rare qu'on appelle l'AMOUR !...

André et Marie ! Ces deux noms que je viens d'entendre ont remué et fait vibrer en moi des cordes que je croyais brisées. Les esprits malhabiles et chagrins disent d'un cœur : « Il est mort ! » — comme on le dit d'un arbre qui ne donne plus ni feuilles, ni fleurs, ni ombrage, ni poésie !... Mais un beau jour, — on ne sait sous quelle influence printanière merveilleuse, — on voit tout à coup pousser, çà et là, des surgeons verdoyants qui percent le tronc et le pied de l'arbre. C'est une nouvelle jeunesse qui commence, — c'est l'*été de la Saint-Martin* du cœur !

Pour ajouter à ce que ces deux noms jetés dans mon esprit y remuent de souvenirs, un orgue vient de s'arrêter sous mes fenêtres, et, pendant que j'écris ces lignes, il joue un air qu'*elle* chantait,— un vieil air charmant qui fatigue peut-être les oreilles des autres, — mais qui réjouit singulièrement les miennes et jette en mon cœur des harmonies sans fin.

Ce qu'il y a dans un son, dans un parfum, — choses fugitives et insaisissables, — on ne peut le savoir, on ne peut le rendre, surtout. Mais ces choses fugitives et insaisissables arrivent parfois à prendre un corps, ce parfum se fait chair, ce son se fait femme... On voit, on sent, on touche l'être adoré; on voit les lèvres roses entre ouvertes, les yeux noirs à moitié clos, mouillés de langueurs et estompés d'ardeurs; les cheveux crespelés aux reflets bleus ou dorés ! On entend le *frou-frou* enchanteur d'une robe de soie, dont le contact vous faisait frissonner ! On respire les parfums inommés qui lui faisaient une atmosphère enivrante qui vous enveloppait et vous grisait. Le cœur, — transporté, enthousiasmé, enivré par ces symphonies d'odeurs, de couleurs et de sons,—se reprend à bondir extravagamment comme aux premiers

temps des premiers baisers et des premiers aveux !
Cette musique vous rappelle les mots furtifs et les
caresses timides échangés, — le premier regard, le
premier sourire ! Ces parfums vous rappellent la
première ivresse, le premier soupir ! On sent circu-
ler en soi, bondir en soi, tressaillir en soi, le sang, les
rdeurs, la passion de sa jeunesse et de ses printa-
nières amours ! C'est quelque chose d'enivrant et
d'amer, — un mélange de volupté et de douleur,
comme une sorte de conscience qu'on a du rêve que
l'on fait, de son évanouissement prochain, du réveil
navrant qui vous attend !... On étend les bras pour
saisir ces chers fantômes — et l'on n'embrasse
qu'une nuée, comme Ixion ! On avance le pied pour
aborder cette île fortunée, — pays de la tendresse
et de l'amour, — et ce pays fuit devant vous, comme la trompeuse Ithaque devant Ulysse !...

Ah! si une femme fut aimée au monde,—Marie,
— c'est toi ! aube rayonnante qui n'es plus maintenant qu'un crépuscule sombre !...

Mais je ne veux pas « jeter de terre dans le calice
de ma rose, » — je ne veux point éventrer ma
poupée pour voir si c'est du son ou de l'or qu'elle
contient ! Je garde ma foi à une divinité absente,
et je prie maintenant sur les débris de l'autel dé-
serté par elle...

Elle n'est plus aujourd'hui, — et ne sera plus désormais, — que la note marginale de ma vie. Elle ne peut plus se mêler au texte de mon histoire. Le mot terrible a été dit, — le *Manè thecel pharès* redoutable a été prononcé — mes rêves se sont évanouis, comme les palais enchantés de Morgane, aux premières lueurs du soleil, — c'est-à-dire de la réalité et des avertissements du devoir. Quand, — après bien des luttes, bien des veilles, bien des larmes, — j'ai compris que tout allait sombrer en moi, je me suis redressé avec énergie contre ce sentiment dominateur, tyrannique, opiniâtre, qui m'avait mordu au cœur, et qui m'étreignait si violemment et si cruellement. Je n'ai pas voulu que la gangrène montât plus haut. J'ai fait la part du feu. J'ai laissé se consumer ma poitrine, — où rien n'est debout à cette heure, — où rien ne reste que les murs, calcinés et noircis par les flammes qu'ils ont contenues...

L'orgue a cessé, — il est parti, — emportant avec lui le vieil air et le vieux souvenir. Job vient d'allonger son museau pointu entre mes jambes, — il aboie doucement et me tire par le pan de mon habit en me regardant avec ce regard humain et si plein de choses qu'ont certains animaux. Théodore, — son camarade de lit, un angora de la chapelle sixtine, — vient de sauter familièrement sur

mon épaule, et j'entends bruire son ron-ron ami-
cal. Lui, aussi, me regarde avec son œil intelligent
qui reluit comme de l'or en fusion — dont il a la
couleur.

Je ferme ma fenêtre, je rallume ma pipe et je
vais prendre dans l'armoire un « tome de Panta-
gruel, » en fredonnant un sifflottement guilleret et
moqueur, — frère cadet du *lilaburello* de l'oncle
Tobie, et petit cousin du *Tirily* de Henri Heine...

« .....Ma chandelle est morte,
Je n'ai plus de feu....

. . . .

« Nous n'irons plus au bois ;
Les lauriers sont coupés!... »

. . . .

IT IS ALL.

ENVOI

A L'ONCLE TOBIE.

———

Vous êtes le héros de prédilection de mon esprit — et surtout de mon cœur.

Vous avez une bienveillance et une affectuosité qui m'attendrissent toujours, — et me font pleurer parfois.

Je ne me demande pas, — comme votre gouail

leur neveu, — d'où vous viennent cette bonté et cette mansuétude que vous témoignez à tout ce qui vit et souffre. Je ne songe pas au siége de Namur — votre califourchon favori, — ni à votre blessure dans l'aine qui en fut la conséquence.

Je ne songe qu'à votre bonhomie et à votre bon cœur. Je me rappelle sans cesse ce jour où un frelon entra pendant que vous dîniez et sembla prendre plaisir à vous importuner par ses bourdonnements. Vous cherchiez à l'attraper — et il vous échappait toujours. A la fin vous l'attrapez! Vous vous levez aussitôt de table et vous allez ouvrir la fenêtre. Puis, lâchant le frelon :

« — Va... va... pauvre diable! — lui dites-vous doucement. — Je ne te ferai point de mal...

Le monde est assez grand pour nous contenir,
toi et moi... »

Ah ! cher et bon oncle Tobie ! je vous vénère
et je vous aime.

Recevez donc cet humble témoignage de mon
respect et de mon amitié pour vous, — et ne
m'oubliez pas auprès du caporal Trim !

ALFRED DELVAU.

Paris, avril 1854.

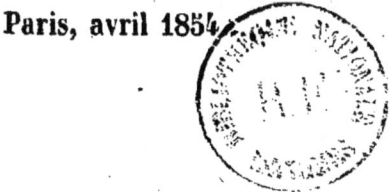

Paris — Impr. PREVE et Comp., rue J.-J. Rousseau, 15.

En vente chez le même Éditeur :

ŒUVRES DE FRANÇOIS RABELAIS, illustrées par G. DORÉ; 1 volume. — Prix : 7 fr. 50 c.

ENCYCLOPÉDIE NOUVELLE, par BARRÉ et HOUZÉ; 4 volumes. — Prix : 8 fr.; l'ouvrage complet, 32 fr.

ŒUVRES DE LORD BYRON, traduction de L. BARRÉ; 1 volume. — Prix : 5 fr.

ŒUVRES DE WALTER SCOTT, traduction par le même; 6 volumes, à 4 fr.; l'ouvrage complet, 24 fr.

CHANTS ET CHANSONS DE LA BOHÊME, par Henry MURGER, Pierre DUPONT, Edouard PLOUVIER, Antonio WATRIPON, L. BARRÉ, Alfred DELVAU, etc., etc.; 1 volume illustré par NADAR. — Prix : 1 fr.

Paris. — Impr. PREVE ET COMP., r. J.-J.-Rousseau. 15.

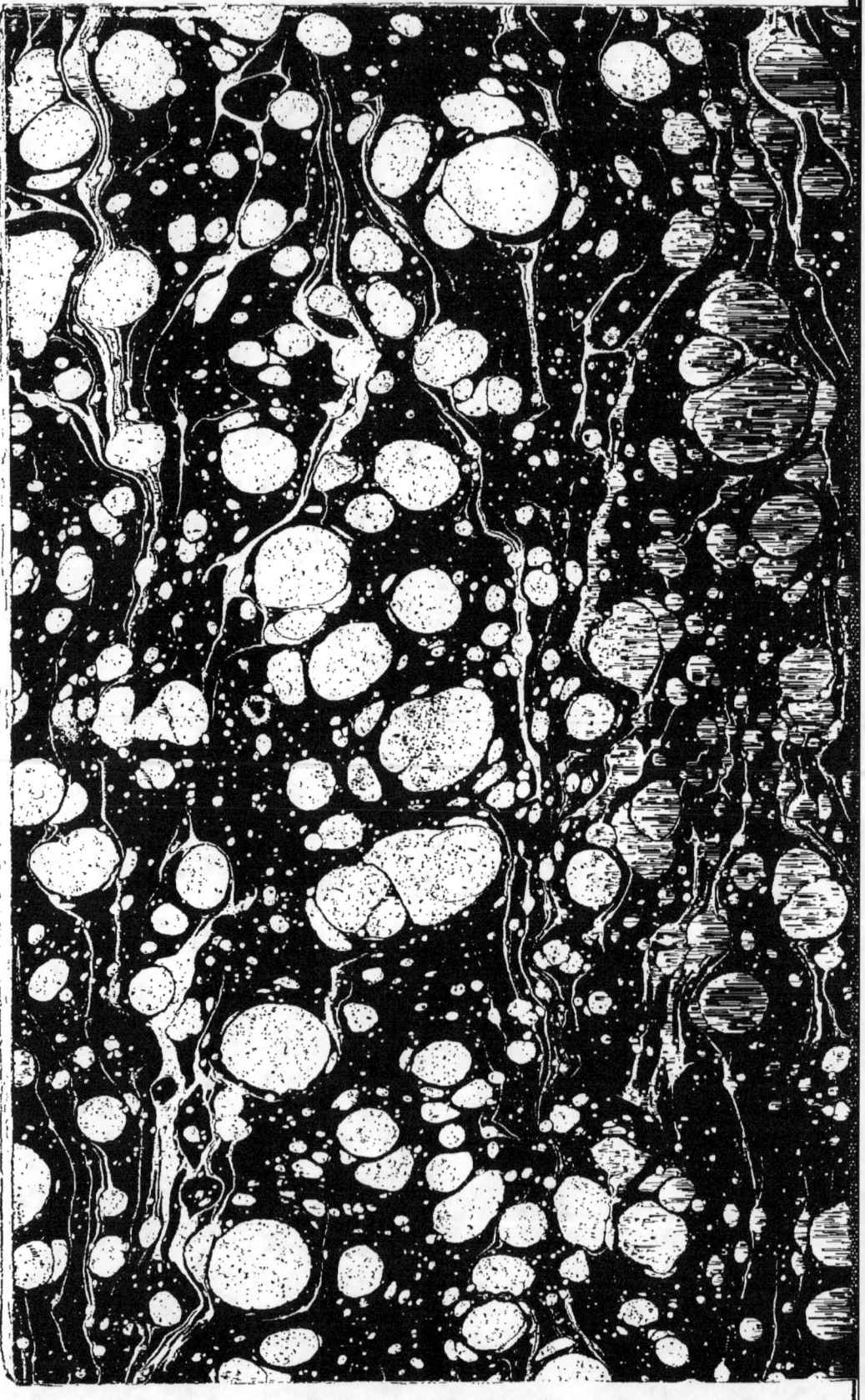

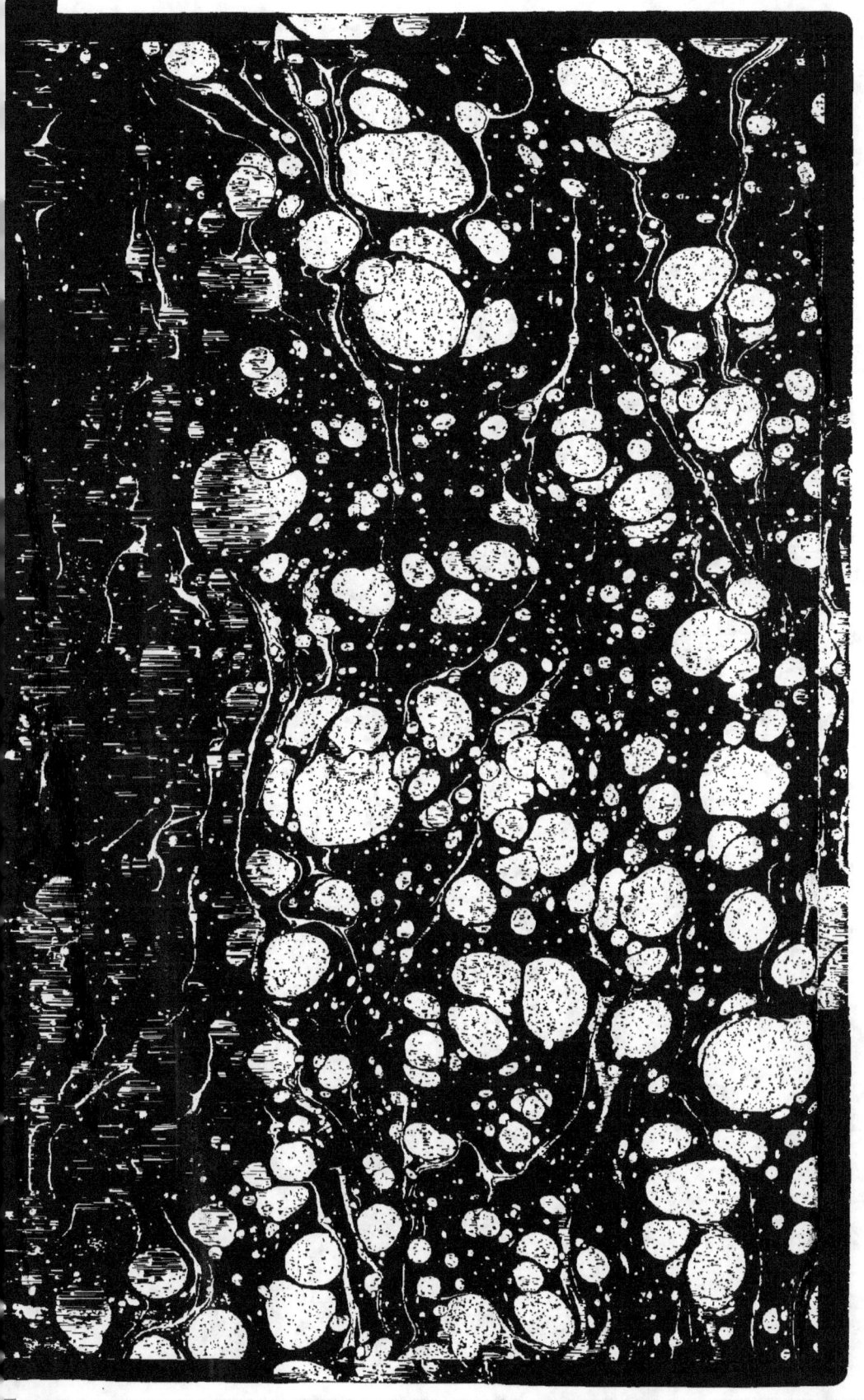

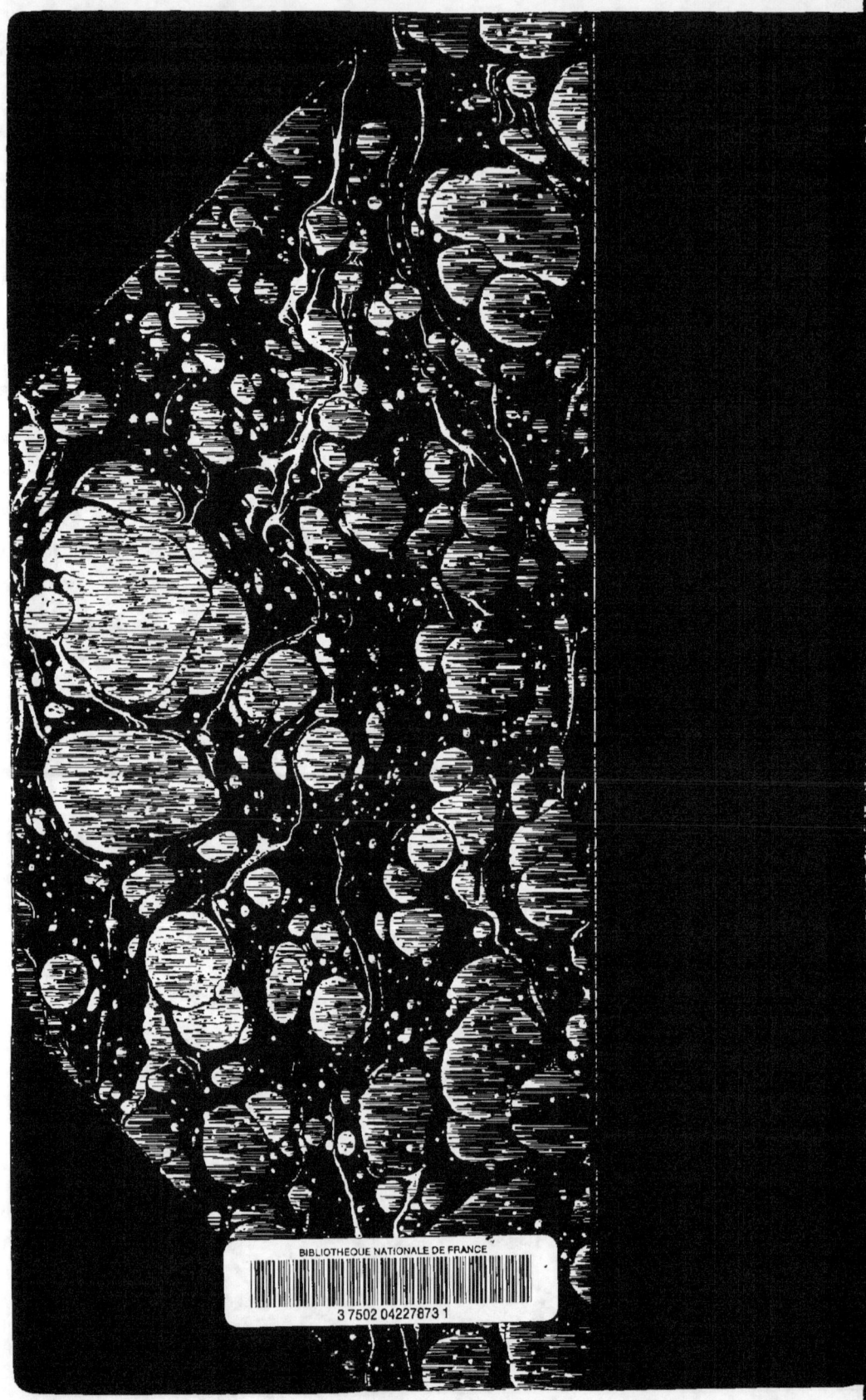

BIBLIOTHEQUE NATIONALE DE FRANCE

3 7502 042227873 1

www.ingramcontent.com/pod-product-compliance
Lightning Source LLC
Chambersburg PA
CBHW060818250626
47162CB00005B/1852